Pour l'am
de son pe

"J'espère que vous ferez attention et qu'il ne vous arrivera pas une deuxième mésaventure," lança Dane d'un ton glacial.

"Ne vous inquiétez pas," grinça Meredith en crispant les poings.
"Je vous promets que cela n'arrivera pas."

"Je m'en doutais, en prenant un tel risque à nouveau, vous agiriez stupidement. Or, vous n'êtes pas stupide, *n'est-ce-pas*, Meredith?"

Que diable voulait-il dire? Un instant, devant la lueur amusée qui brillait au fond de ses yeux, la jeune fille crut qu'il avait deviné son mensonge...

NOUVEAU!

Pour fêter le retour du printemps, la collection Harlequin Romantique se pare d'une nouvelle couverture ... plus belle, plus tendre, plus romantique!

Ne manquez pas les six nouveaux titres de la collection Harlequin Romantique!

SOUS LA LUNE DES TROPIQUES

Robyn Donald

PARIS • MONTREAL • NEW YORK • TORONTO

Publié en avril 1983

ISBN 0-373-49323-1

Dépôt légal 2ᵉ trimestre 1983
Bibliothèque nationale du Québec et Bibliothèque nationale
du Canada.

Imprimé au Canada—Printed in Canada

1

— Où est le bébé ?

Meredith leva les yeux de l'assiette pleine qu'elle portait et sourit. Ainsi, elle ressemblait plus à une adolescente espiègle qu'à une jeune fille posée de dix-neuf ans.

— Je l'ai laissé à une baby-sitter, répondit-elle. Je crois qu'il n'aurait pas beaucoup apprécié tout cela. Les enfants de deux ans sont des petits êtres très, très conventionnels.

— Allons donc, c'est un charmeur !

Comme vous, semblaient dire les yeux de l'homme. Mais en une semaine, il s'était aperçu que les aventures sans lendemain n'intéressaient pas Meredith Colfax.

— Alors, que pensez-vous de nous ? demanda-t-il. Je sais que nous sommes une grande famille, mais il y a toujours de la place pour une personne de plus.

Elle approuva sans hésitation. Don cachait sous un turbulent sens de l'humour une surprenante sensibilité. Il était gentil et, pendant la semaine qu'elle avait passée ici, Meredith avait appris à connaître et à apprécier ses parents, ainsi que les innombrables frères, sœurs et cousins qui composaient la famille. Les îles tropicales étaient un endroit idéal pour nouer des amitiés. Surtout Hibiscus Island, connue dans le Pacifique Sud pour être l'endroit rêvé où prendre des vacances en famille. Située non loin de la pointe de l'île principale des Fidji, ombragée de palmiers et bordée de coraux, elle ressemblait à une perle scintillante sur la mer bleu saphir.

Si elle avait été seule, Meredith aurait choisi un endroit plus calme, moins trépidant. Mais il avait fallu trouver un lieu équipé pour recevoir des enfants, et le climat d'Hibiscus Island avait été merveilleusement profitable à Mark. Il était maintenant un petit homme plein de santé, semblable à ces adorables bébés fidjiens qu'elle avait eu l'occasion de voir depuis son arrivée dans ces îles paradisiaques.

Avec un enthousiasme bruyant, la famille de Don l'accueillit et lui fit une place à table. Ils parlaient fort et riaient sans retenue, mais ne semblaient pas se soucier du vacarme qu'ils faisaient.

— Le bébé dort ? demanda Mme Poole.

Meredith acquiesça. Elle était heureuse que la mère de Don n'ait jamais montré, de vive voix ou implicitement la moindre réserve à nouer amitié avec une mère célibataire.

— Oui. Une femme de chambre le garde. Mais il ne se réveillera pas.

— Il est adorable, et je dois dire que ces vacances lui ont fait un bien infini. Il est aussi bronzé que les petits indigènes. Vous devez être contente.

— Oh oui !

Mais Meredith s'assombrit en pensant au poupon maigre et pâle qui était arrivé d'Angleterre par avion. L'hiver l'avait terriblement affaibli. Avec un effort visible, elle chassa de son esprit tout ce qui s'était passé à la morte saison. Tout aussi résolument, elle évita de penser au futur. Ces dix jours avaient été un moment de détente, où elle avait repris des forces, et elle ne voulait pas les gâcher en ressassant des souvenirs douloureux.

Elle eut un sourire qui transforma son visage.

— Hibiscus Island nous a fait du bien à tous les deux, mais surtout à Mark. Un effet du soleil et des attentions dont l'entourent les Fidjiens, je pense.

— En effet, ils aiment beaucoup les enfants, renchérit Mme Poole. Même de grands diables comme les miens, ce qui en dit long sur le caractère des Fidjiens, n'est-ce pas ? Combien de temps restez-vous, Meredith ?

— Je quitte l'île demain.

Mais ce n'était pas une réponse à la question de sa compagne, et Meredith se sentit coupable d'éluder la demande qui partait d'une bonne intention. Elle remercia Don qui, se penchant vers elle, lui tendait un verre plein, semblait-il, de son cocktail de fruits préféré.

Une gorgée lui suffit pour se rendre compte de son erreur.

— Pouah ! Qu'est-ce donc ? s'exclama-t-elle en fronçant le nez d'un air dégoûté.

— Une Tequila Sunrise. Il faut le boire lentement, répondit-il en riant. Je sais que vous n'aimez pas l'alcool, mais une seule boisson ne vous fera pas de mal. Surtout après le repas consistant que vous venez de faire.

Meredith contempla son assiette avec stupéfaction. En effet, elle avait mangé la totalité de la salade exotique, du poisson mariné dans du jus de citron, et du steak grillé que lui avaient servi des hôtesses souriantes.

— Encore un peu de ce régime, et je vais devenir énorme, fit-elle avec une grimace.

— Quelques kilos de plus ne vous feraient pas de mal, rétorqua Don en détaillant sa silhouette du regard. Ce *sulu* est magnifique. Je n'en ai jamais vu avec des teintes aussi délicates. Je parie que vous ne l'avez pas trouvé ici... Les magasins de l'île semblent n'avoir que des articles aux couleurs plus que criardes.

Pour cette soirée, Meredith avait revêtu une longue tunique rectangulaire, nommée *sulu*. Comme le lui avait appris sa mère, elle l'avait noué sur sa poitrine. Le tissu, teint en rose et vert pâles, était orné d'un dessin abstrait laissant deviner le panorama incroyablement luxuriant des tropiques. Elle l'avait acheté dans une boutique, à Nadi.

— Non, en effet, répondit-elle en avalant avec précaution une nouvelle gorgée de boisson.

Tout en sirotant son cocktail, elle laissait son regard errer de table en table, et observait les vacanciers installés pour dîner sous les feuilles luisantes des cocotiers. Des lampions éclairaient la terrasse, mais éclipsaient un peu l'éclat des étoiles brillant sur le ciel de velours. Non loin, des torches flamboyaient autour du barbecue, projetant des ombres vers la piscine. Il était impossible de voir ou d'entendre les vagues qui venaient lécher le sable blond, tout comme il était difficile de distinguer ce qui se trouvait en dehors de cet endroit brillamment éclairé.

Meredith avait envie de se trouver sur une plage déserte, ou sur un sentier forestier tranquille, loin de ces lumières aveuglantes, des rires, de la musique hawaïenne jouée par les guitares électriques. Le clan des Poole était assourdissant. D'habitude, elle enviait leur manque de complexes; mais, ce soir, leurs rires, leurs plaisanteries et leur enthousiasme l'oppressaient.

Pour cacher ses pensées, elle adressa un large sourire à Don, puis se remit à détailler minutieusement les convives. Il s'agissait, en majorité, de groupes, de familles. Mais l'un d'entre eux était seul. Un homme, grand, assis dans l'ombre d'un bougainvillée. Il était étrange de voir un dîneur solitaire dans cette atmosphère familiale. Bien qu'il ait le dos tourné, Meredith se surprit à le chercher des yeux. Elle désirait qu'il la regarde mais lui, ignorant son intérêt, poursuivait son repas. Outre le fait qu'il avait des épaules exceptionnellement larges, et semblait s'habiller chez un excellent tailleur, elle remarqua que les serveurs le traitaient avec déférence, et non avec leur joyeuse insouciance habituelle. Elle le soupçonna d'être un personnage influent appartenant à une agence de voyages, et désireux de voir si l'on pouvait inclure Hibiscus Island dans un circuit touristique. Cependant, un nouveau coup d'œil la fit changer d'avis. Cet inconnu avait l'air trop arrogant, trop sûr de lui. Il se conduisait plutôt comme le propriétaire de cet endroit.

Une remarque de Mme Poole la ramena sur terre. Elle répondit mais, quelque peu troublée par l'intérêt qu'elle portait à cet inconnu, elle évita délibérément, par la suite, de regarder dans sa direction.

Après le barbecue avait lieu un *meke,* concert organisé par les habitants des villages côtiers. Meredith s'était promenée avec Mark ; elle pensa reconnaître, dans les féroces guerriers aux visages peints en noir, des hommes qui lui avaient adressé, ainsi qu'à l'enfant, des sourires pleins de charme. Mais maintenant, ils ne souriaient plus. Ils mimaient un combat contre un ennemi imaginaire, et agitaient d'énormes bâtons avec toutes les apparences de la férocité.

Les touristes prenaient des photos, écoutaient les battements du tambour, le claquement des bambous, les voix mâles auxquelles se mêlaient les sons purs et clairs des voix féminines. Quand enfin, le chant mourut sur la dernière note d'*Isa Lei,* l'air le plus connu des Fidji, un tonnerre d'applaudissements éclata avant que l'orchestre local se mette à jouer l'un des derniers succès.

Le charme était rompu. Meredith soupira et se leva pour retourner dans son petit bungalow et libérer la baby-sitter. Mais Don l'attrapa par le bras et la supplia :

— Ne partez pas encore ! s'écria-t-il. C'est votre dernière soirée ici. Faites comme Cendrillon, et restez jusqu'à minuit.

Malgré son envie de refuser, Meredith se laissa attendrir. Après tout, Don avait été charmant, ainsi que toute sa famille. Peut-être lui devait-elle un peu de son temps, puisqu'elle n'était pas accompagnée de Mark. Et il était agréable de danser. Agréable d'oublier qu'elle était responsable de Mark. Agréable de se rappeler qu'elle avait dix-neuf ans, qu'elle était aux Fidji, que la lune des Tropiques brillait au-dessus des palmiers.

Comme de juste dans une fête familiale, l'orchestre joua des airs de musique pop et des airs d'autrefois, pour que tout le monde puisse participer. Si Don avait espéré faire de Meredith sa partenaire exclusive, il devait être déçu. En effet, tous les hommes de sa famille l'invitèrent. Puis, comme la soirée était avancée et l'atmosphère plus détendue, elle accepta d'autres offres. Ses tresses blondes dansaient sur ses épaules légèrement hâlées, et la réserve qui la faisait paraître plus âgée disparut. Meredith répondait spontanément à la gaieté bon enfant de cette soirée.

Mais finalement, comme Cendrillon, elle jeta un coup d'œil à sa montre, et fut étonnée de la vitesse à laquelle les heures s'étaient écoulées.

— Je dois partir !

Don essaya de la dissuader, mais, devant son intransigeance, il capitula.

— D'accord, je vous raccompagne.

— Mais, je suis capable de rentrer seule ! protesta-t-elle.

L'admiration non déguisée du jeune homme s'était muée en désir, et Meredith savait qu'il voudrait l'embrasser avant de la quitter.

— Je sais. Mais le groupe près de la piscine est un peu trop excité. Je vous raccompagne.

Il avait raison. L'humeur joyeuse d'une partie des dîneurs avait disparu et le vacarme était devenu assourdissant. Avec la franchise qui la caractérisait, Meredith reconnut qu'elle apprécierait une présence masculine pour passer près d'eux.

Elle n'en pensait pas moins que la gentillesse de Don lui donnerait peut-être droit à un baiser d'adieu, mais eut honte de son cynisme. Cependant, bien qu'elle n'ait pas l'habitude d'embrasser les gens pour les remercier, il lui semblait ridicule de refuser sous prétexte qu'elle n'éprouvait seulement que de l'amitié pour le jeune homme.

Près de la piscine, on entendait beaucoup de rires entremêlés de cris perçants. De toute évidence, ces hommes avaient trop bu. Meredith s'appliqua à arborer une expression impassible, heureuse de la présence de Don. Sur la plage et pendant le dîner, elle avait aperçu plusieurs personnes de ce groupe, mais ne leur avait pas adressé la parole. Leur teint était congestionné, et ils avaient du mal à garder leur équilibre. Meredith frissonna de dégoût. En dépit de son application à les cacher, ses sentiments devaient sans doute transparaî-tre. L'un d'eux leva les yeux à l'approche des deux jeunes gens. Il prononça quelques mots qui provoquè-rent l'hilarité générale, puis se déplaça de manière à leur barrer le chemin.

— Pourquoi partir si tôt ? demanda-t-il en détaillant des yeux la silhouette de Meredith. Restez vous amuser un peu avec nous, avant d'aller au lit.

Son sourire égrillard ne laissait aucun doute sur ce qu'il voulait sous-entendre, et Meredith se sentit rou-gir. Elle espérait désespérément que Don garde son contrôle.

— Désolée, mais non, merci, fit-elle en faisant un pas de côté.

Elle ne sut pas ce qui se passait ; Volontairement ou non, l'homme avait fait un geste qui la précipita dans la piscine. En tombant, elle l'entendit éclater de rire, mais elle était déjà dans l'eau. Elle traversa le bassin pour prendre pied de l'autre côté.

Don l'attendait.

— Tout va bien ? grommela-t-il, inquiet.

— Oui. Que s'est-il passé ?

D'autres exclamations emplissaient l'air et, au moment où elle se retournait, il y eut un éclabousse-ment, rapidement suivi de deux autres.

— Ils trouvent sans doute cette idée amusante, et maintenant, ils vont essayer de se faire tomber les uns les autres. Venez, éloignons-nous.

Après l'avoir aidée à reprendre pied, il l'entraîna vivement sur le sentier qui menait aux bungalows. Il serrait sa main tellement fort qu'elle fit une grimace de douleur. Don était furieux. Moins à cause de l'insulte que pour son manque de réaction, pourtant. Sachant à quel point il est douloureux d'être blessé dans sa fierté, elle s'efforça de le rassurer.

— Je suis heureuse que vous vous soyez maîtrisé, haleta-t-elle, à bout de souffle. J'ai eu terriblement peur que vous ne vous mettiez en colère !

— J'aurais dû le battre, gronda-t-il.

La violence de son ton ne parvenait pas à cacher le mépris qu'il éprouvait envers lui-même.

— Dieu merci, vous n'en avez rien fait ! Cet homme était complètement ivre ! fit-elle d'un ton dédaigneux.

— Il a été grossier !

Meredith éclata de rire.

— Ses remarques n'auraient pu m'atteindre. Les hommes comme lui ne comprennent que ceux de leur espèce. Ils n'ont aucune idée de la façon dont nous réagissons... Demain, il se réveillera avec un marteau lui battant les tempes, et mal à l'estomac. Ce sera une punition suffisante pour lui.

— Vous êtes adorable, souffla-t-il d'une voix rauque en s'arrêtant brusquement.

Le baiser fut doux et hésitant, mais Don le prolongea. Il ne la relâcha que lorsqu'un bruit de pas, derrière eux, les avertit qu'une autre personne se dirigeait dans la même direction.

— Venez, chuchota Don d'une voix hésitante.

— Vous devez être trempé !

— C'est bien le dernier de mes soucis, répliqua-t-il en éclatant de rire. J'aimerais que vous restiez, Meredith. Au moins, donnez-moi une adresse où je puisse vous écrire.

Dans un avenir proche, Meredith aurait sûrement besoin d'amis, mais elle secoua fermement la tête.

— C'est inutile, Don. Les aventures de vacances durent seulement le temps des vacances, et ceci n'en est même pas une, n'est-ce pas ?

— Cela aurait pu, dit-il en l'embrassant de nouveau.

Cette fois, son étreinte était beaucoup plus passionnée. Lorsqu'il la relâcha, elle haletait, bouleversée par la passion qu'il avait montrée.

Le clair de lune éclairait son fin visage, ses larges yeux gris, la bouche douce et pleine et dévoila le visage de l'homme qui les avait surpris, révélant des traits durs et fiers, figés dans une expression de mépris glacial.

— Vous tremblez, fit Don avec inquiétude. Venez, voici le chemin qui mène à votre bungalow. Courons, cela vous réchauffera un peu.

Lorsqu'ils atteignirent le *bure,* Meredith avait surmonté l'affolement causé par la présence de l'inconnu brun. C'était lui, elle en était persuadée. En riant, elle supplia Don de la lâcher.

A l'intérieur, une lumière tamisée révélait la présence de la femme de chambre. Pelotonnée dans un fauteuil, elle lisait, tandis que la radio diffusait en sourdine des airs fidjiens. Elle se leva à l'entrée de Meredith, qui regarda son compagnon.

— Bonne nuit, Don... Et adieu.

Il hésita.

— Bien, soupira-t-il enfin, embarrassé. Bonne chance, Meredith, où que vous alliez.

Meredith se dirigea vers la chambre où reposait l'enfant.

— Il a dormi tout le temps, déclara la baby-sitter.

— Parfait. Merci beaucoup d'être restée.

Le beau visage de la femme fut complètement transformé par le sourire éblouissant qui caractérisait les Fidjiens.

— Bonne soirée ?

— Merveilleuse, merci.

Légèrement mal à l'aise, Meredith se pencha pour repousser doucement une boucle brune de la joue de Mark.

— Il vous ressemble. Plus brun, mais autrement, c'est votre portrait : les yeux, le nez, la bouche... Le menton plus volontaire que celui de sa mère, mais c'est une bonne chose. Un homme a besoin de caractère pour se faire écouter de sa femme.

Après son départ, Meredith prit une douche et enfila son déshabillé. Elle était trop tendue pour pouvoir dormir. Tout en frictionnant ses cheveux avec une serviette, elle faisait les cent pas dans la pièce sombre. Par la porte-fenêtre vitrée, elle admirait le clair de lune sur la mer, à travers les haies d'arbustes et de palmiers qui isolaient les bungalows les uns des autres. Hibiscus Island était un magnifique joyau enchâssé dans une mer de jade ; les coraux et les poissons aux couleurs chatoyantes la transformaient en royaume féerique. Depuis dix jours, elle puisait dans le peu d'argent laissé par sa mère pour rester ici. Pour tranquilliser sa conscience, elle se persuadait : elle avait besoin de reprendre des forces avant d'affronter son grand-père.

Grand Père ! Pourquoi grand ? pensa-t-elle irrespec-tueusement, tout en essayant de maîtriser la crainte qu'elle éprouvait en pensant à lui. Grand voulait dire beau, splendide. C'était incroyable, mais, pendant dix-huit ou dix-neuf ans, elle avait vécu sans savoir qu'elle avait un grand-père. En fait, cela faisait trois mois seulement qu'elle connaissait son existence. Elle l'avait appris par sa mère, affaiblie par la douleur et la maladie qui devait avoir raison d'elle.

Maurice Fowler, était un autocrate qui vivait dans le luxe aux îles Fidji. De sa superbe demeure, située sur la colline qui dominait Lautoka, il dirigeait une affaire florissante qui avait dans tout le Pacifique Sud d'innom-brables succursales.

— Il vit sur la partie aride de l'île principale, lui avait expliqué sa mère en lui montrant une mappemonde. On y fait pousser de la canne à sucre, sur des centaines d'hectares. Il y a un drôle de petit train qui traverse les plantations en soufflant. Il transporte les cannes à Lautoka. Et les fleurs... Ah Meredith, les fleurs ! On dirait le paradis !

A ces mots, elle s'était tue, revivant ses souvenirs en souriant. Cependant, au bout de quelques minutes, elle avait raconté à sa fille la triste histoire d'une jeune fille sévèrement élevée, qui s'était enfuie pour épouser l'homme qu'elle aimait, celui qui l'avait abandonnée après la naissance de leur premier enfant.

Meredith pouvait comprendre cette fugue. Elle était, elle aussi, tombée sous le charme de son père lorsqu'il était revenu, pas vraiment repentant, mais tellement gai, tellement vivant, que la mère et la fille lui avaient pardonné ses longues années d'absence. Le résultat le plus tangible de son retour était l'enfant qui dormait maintenant, si tranquillement, près de Meredith. Environ six mois après la naissance de Mark, son père était parti faire du bateau pendant le week-end, avec des amis. Un week-end pendant lequel une tempête avait balayé l'Atlantique, tellement violente que la mort de l'homme venu en aide à la petite fille de ses hôtes, était passée pratiquement inaperçue.

Mais ce drame avait ôté toute envie de vivre à Dinah Colfax. Et, quand la maladie était venue, elle n'avait plus eu assez de forces pour la combattre.

— Je suis fatiguée, disait-elle calmement, trop calmement. Je suis vaincue, ma chérie. Mais ton grand-père ne vous laissera pas mourir de faim, Mark et toi. C'est un homme dur, et il ne m'a jamais pardonné de lui avoir désobéi. Mais il a le sens de la famille. C'est grâce à son argent que nous avons pu vivre. Il veillera sur vous.

Mark était de ces enfants qu'un tremblement de terre ne réveillerait pas. Aussi l'exclamation de mépris de Meredith ne le troubla pas.

Mais le souvenir de la lettre de l'avocat de son grand-père était encore trop vif, trop douloureux, pour qu'elle puisse y penser calmement. Apparemment, Maurice Fowler était prêt à s'occuper de ses petits-enfants, mais à une condition : qu'ils viennent aux Fidji, et restent sous sa surveillance jusqu'à l'âge de vingt ans.

Il fut facile à Meredith de quitter son emploi à la banque. Mais, en pensant à Mark qui serait soumis pendant dix-huit ans au tyran qu'avait connu sa mère, elle était à la fois furieuse et effrayée. Pourtant, seule, elle ne pourrait subvenir à leurs besoins. Aussi fut-elle obligée de quitter la petite ville des Midlands et de traverser la moitié du globe pour venir aux Fidji.

Ce fut en regardant le certificat de naissance de Mark qu'elle conçut l'idée de prétendre être sa mère. Ce papier ne mentionnait aucun détail de filiation. Le bon sens soufflait à la jeune fille qu'il y avait peu d'espoir pour que cette supercherie dure longtemps. Sauf si elle se montrait assez convaincante pour que Maurice Fowler n'éprouve pas le besoin de vérifier ses dires. S'il acceptait Mark pour arrière-petit-fils, il n'aurait aucun droit sur lui. Cela valait la peine d'essayer.

Lorsqu'elle aurait vingt ans, elle ferait secrètement des démarches pour une adoption légale. Dès qu'elle aurait les papiers lui reconnaissant la garde de l'enfant, il serait sauvé.

C'était un plan insensé, comportant des lacunes, et qui risquait de s'écrouler à la moindre vérification. Et Maurice Fowler devait être tellement strict et sévère qu'il la rejetterait alors, la séparant de cet enfant soi-disant illégitime. Mais il offrait à Mark la possibilité de mener une vie normale... Meredith était déterminée à s'en tenir à cette version.

Cela pouvait marcher.

Lorsque Mark disait « Meredith », on pouvait comprendre « Maman ». Depuis la mort de leur mère, il s'attachait à sa sœur, lui montrant toute l'affection qu'un enfant éprouve pour ses parents. Et ils se ressemblaient tellement... Mark était brun, mais possédait le même front large, les mêmes yeux immenses, la même bouche ferme et résolue que Meredith. La mâchoire de Mark, plus large, ne ressemblait pas aux traits fins de Meredith.

Lorsque le taxi les laissa, le jour suivant, devant la maison de son grand-père, Meredith leva la tête d'un air résolu. Pendant tout le trajet, elle avait dû avaler sa salive pour essayer de chasser l'appréhension et la peur qui l'envahissaient. Tout contre elle, Mark, fatigué par la traversée jusqu'à Lautoka, s'était endormi. Un sauvage désir de le protéger submergea Meredith, qui baissa les yeux vers lui. Un bébé aussi petit, aussi vulnérable, ne devait pas être laissé à la merci de l'homme décrit par sa mère.

— Aussi doux que du granit, et aussi compréhensif, s'était-elle moquée, amère.

Mais la jeune fille ne put s'empêcher d'éprouver un sentiment d'affolement lorsqu'elle vit la demeure. De style colonial, c'était un immense bâtiment blanc, d'un seul étage. Les larges vérandas débordaient d'orchidées aux teintes lilas et rose. Comme le paradis, pensa Meredith en ouvrant de grands yeux. Dans le jardin, un frangipanier fleurissait parmi les lys. Son feuillage plein de sève, adoucissant les couleurs éclatantes, formait un cadre parfait. La vie ici avait été sûrement insupportable, pour que leur mère ait pu quitter tant de beauté sans regret.

2

La Fidjienne qui ouvrit la porte savait, de toute évidence, qui se présentait. Avec un sourire éclatant, elle prit Mark, toujours endormi, des bras de Meredith.

— Vous avez mis longtemps à revenir à la maison, *marama*, murmura-t-elle. Entrez.

Dans le hall imposant, un lustre en forme de soleil éclairait les murs tendus de soie vert pâle. En revanche, la pièce dans laquelle on l'introduisit, une pièce de travail aux lignes sobres, offrait avec l'entrée un contraste tellement frappant que Meredith cligna des yeux.

— Miss Colfax et le petit garçon, monsieur Fowler.

Le regard de Meredith se porta vers l'homme assis derrière le bureau. Les traits de son beau visage altier étaient figés en une autorité implacable. Meredith abasourdie, se souvint : c'est lui qui les avait dépassés, la veille, lorsque Don la tenait dans ses bras.

Il devait être aussi surpris qu'elle, mais n'en laissa rien paraître. Seule sa bouche se durcit jusqu'à ne former qu'une ligne mince. Meredith, elle, devint livide et se laissa tomber dans un fauteuil.

— Je vais prendre le bébé, fit la domestique qui ne semblait pas intimidée par son maître.

— Non ! s'écria vivement Meredith. Il sera bouleversé s'il se réveille dans un endroit inconnu !

— Laissez-le, Litia. Voulez-vous avertir M. Fowler de leur arrivée, s'il vous plaît ?

Litia déposa Mark sur un large divan, sourit puis disparut, gracieuse dans son *sulu* doré.

Le silence s'abattit entre Meredith et l'homme, un silence si pesant qu'elle entendait battre son cœur. Finalement, persuadée qu'il se taisait dans le but de l'éprouver, elle releva la tête.

— Qui êtes-vous donc? demanda-t-elle avec arrogance.

— Un parent très éloigné. Votre arrière-grand-père et le mien étaient cousins. Vous pourrez étudier notre généalogie, si cela vous amuse.

— Non merci, répondit-elle, crispée. Où est mon grand-père?

— Après le repas, il se repose dans sa chambre. Il n'est plus aussi fort que jadis.

— Il doit supporter cela bien mal.

Quelle étrange conversation! Les souvenirs de la veille paraissaient dicter les mots qu'ils échangeaient.

— Etant réaliste, il l'accepte.

Ses yeux brillaient d'une étrange lueur pénétrante, profondément intelligente. Meredith pensait que de tels yeux pouvaient seulement dénoter une personnalité chaleureuse, passionnée. Elle trouvait surprenant qu'ils soient si froids. Un peu gênée par cette pensée, elle se mit à parler, sans se soucier de paraître brutale:

— Et que faites-vous ici, au juste?

— Votre grand-père est âgé, en mauvaise santé. Il a besoin d'un homme à tout faire.

— Vous ne ressemblez guère à un factotum, répliqua-t-elle. Vous avez plutôt l'air d'être le patron.

— Tout être humain a ses limites, riposta-t-il en haussant les épaules. Maurice connaît les siennes.

— Cela ne lui ressemble guère, fit-elle sèchement.

— Que savez-vous de lui? Ce qu'en disait votre mère?

Il y avait un tel mépris dans sa voix qu'elle se raidit instinctivement.

Comment osait-il s'adresser à elle ainsi!

— Vous ignorez tout d'elle!

— Tout, sauf qu'elle a délibérément brisé le cœur de son père, lança-t-il froidement. Comme tous ceux qui se sentent coupables, elle a dû apaiser sa conscience en le dépeignant sous les traits d'un tyran sans cœur.

C'était bien ainsi que sa mère avait décrit Maurice Fowler, mais Meredith n'allait pas l'avouer à cet arrogant cousin !

— Il y a trois mois, monsieur Fowler, j'ignorais que j'avais un grand-père. Je n'ai donc pas été habituée à penser quoi que ce soit à son sujet. D'autre part, ma mère, autant que je sache, n'a jamais rien dit ou fait pour blesser quelqu'un.

— Fuir son père et son fiancé n'est pas leur infliger de la peine, sans doute ? railla-t-il.

Meredith le toisa froidement. Pour rien au monde elle ne lui laisserait voir que l'existence d'un fiancé était chose nouvelle pour elle.

— Cela dépendait de ce que son père et son fiancé éprouvaient pour elle, vous ne pensez pas ?

Il hocha la tête. Ses yeux fauves détaillaient les traits fins de Meredith, comme pour évaluer ses forces et ses faiblesses. Sous ce regard scrutateur et impersonnel, la jeune fille s'efforçait de garder une expression impassible. Après plusieurs minutes de cet examen insolent, elle se sentit rougir. Ses yeux gris clairs s'assombrirent sous l'effet d'une colère telle qu'elle n'en avait jamais connue ; une colère mêlée d'un sentiment nouveau, et qui la laissait hypnotisée, comme un lapin devant un serpent. Spontanément, la pensée jaillit dans son esprit : cet homme était dangereux... toujours !

— Après l'étreinte que j'ai surprise la nuit dernière, c'est un miracle que vous puissiez rougir.

Meredith se contint. Elle savait d'instinct que sortir de ses gonds devant cet homme la mettrait en position d'infériorité.

— Vous n'avez aucun droit de juger mes actes, répondit-elle en se contenant avec peine. Mon grand-père est mon tuteur, pas vous.

— J'espère que vous n'avez pas réveillé l'enfant,

reprit-il cyniquement, ignorant son interruption. Vous sembliez tous deux diablement pressés d'être seuls.

Le sous-entendu la rendit furieuse. Sur le point de nier avec indignation, elle se contint. Il n'était probablement pas gênant que cet homme la croit prête à avoir des aventures avec n'importe qui, si elle voulait faire passer Mark pour son fils. Même si elle se sentait souillée.

— Vous n'êtes pas mon tuteur, monsieur Fowler, répéta-t-elle.

— Appelez-moi Dane, fit-il sans chercher à cacher son mépris. Je crois qu'il vaut mieux vous avertir : une telle conduite ne sera pas tolérée ici. Le nom des Fowler est connu et respecté dans tout le Pacifique Sud. Bien que nous ayons notre brebis galeuse, comme toutes les familles, nos femmes ont jusqu'ici réussi à ne pas ternir notre réputation.

Il se leva et fit le tour de la table. Debout face à Meredith, il plongea son regard dans le sien.

La jeune fille s'humecta les lèvres et s'obligea à rester droite sur son siège. Cet homme la dominait comme une silhouette maléfique. La prenant par les poignets, il la mit debout. Meredith tressaillit comme s'il l'avait giflée.

— Donc, tant que vous vivrez ici, faites très attention. Ou il vous arrivera de très graves ennuis, menaça-t-il.

Secouée au plus profond d'elle-même par le dégoût qu'elle lui inspirait, Meredith eut le souffle coupé. Son pouls battait sourdement dans sa gorge. Ses cils frémissants dissimulaient la crainte et l'émotion causées par la proximité de Dane. De nouveau, elle s'humecta les lèvres.

— Et n'exercez pas vos charmes sur moi, reprit-il doucement. Je suis plutôt difficile dans le choix de mes amies.

Un instant, il serra cruellement ses poignets fragiles puis, comme s'il ne pouvait supporter ce contact, il la repoussa brusquement et se détourna. Chacun de ses mouvements révélait sa carrure d'athlète. Meredith s'efforçait d'oublier l'instant dangereusement troublant qu'ils venaient de partager. Oui, elle détestait Dane Fowler, et lui la méprisait. Pourtant, pendant un court instant, il l'avait regardée comme une femme... et elle avait réagi. En dépit de sa nature odieuse, cet homme possédait une espèce de magnétisme qui surpassait presque tous les traits de son caractère.

— Je crois que vous avez compris, fit-il en lui faisant face. Votre grand-père est prêt à vous recevoir, mais c'est à moi de veiller sur votre conduite. Il est fort improbable que Maurice se laisse émouvoir par les ruses féminines que vous pourriez employer. Comme moi, il a assez d'expérience pour deviner la vraie nature des gens.

— J'en conclus que vous n'êtes pas marié, Dane ?

Son visage s'altéra, comme si elle l'avait effrayé, mais il reprit rapidement son masque impassible.

— Non. Ni marié ni fiancé. Pour votre gouverne, apprenez que je ne déteste pas les femmes et que j'ai, comme tout le monde, un certain nombre de besoins.

Il effleura du regard la silhouette menue et droite dans le profond fauteuil.

— Je veux bien admettre que vous êtes ravissante, et qu'il doit être très agréable de vous séduire, mais je ne tenterai pas l'expérience. Il est donc inutile de perdre votre temps et de me faire perdre le mien, en essayant de me charmer.

Il releva brusquement les yeux vers le visage de la jeune fille qui avala avec difficulté sa salive. Elle gardait la tête baissée, et il ne pouvait voir son expression.

Ce fut peut-être la pâleur des joues de Meredith qui l'adoucit un peu.

— Je suis navré si j'ai été brusque. Mais il vaut mieux que vous sachiez dès le départ à quoi vous en tenir.

— Bien sûr, répondit-elle d'une voix atone.

Meredith éprouvait le furieux désir de lancer à la

figure de Dane le délicat bibelot de porcelaine qui se trouvait sur le bureau. Elle parvint à se contenir. Après tout, elle devrait se réjouir qu'il la considère comme une fille facile. Cela rendrait son mensonge beaucoup plus crédible. Son grand-père, sans aucun doute, avait confiance dans le jugement de Dane. Si le jeune homme pensait qu'il était dans son caractère d'avoir un enfant illégitime, il ne fouillerait peut-être pas le passé.

Mais soupçonnait-il tous les couples qui échangeaient un baiser d'être amants?

Meredith se leva en entendant frapper.

— Il est prêt à vous recevoir tous les deux, annonça Litia. Avec vous, Monsieur Fowler.

La Fidjienne prit Mark dans ses bras et sourit.

— C'est un bon dormeur, murmura-t-elle. Il vous ressemble, n'est-ce pas?

— En effet.

Heureuse que la ressemblance ait été remarquée en présence de Dane, Meredith se laissa conduire le long d'un nouveau couloir. Elle aurait aimé admirer de plus près les nombreuses toiles qui ornaient les murs, mais, entourée de Litia et de son lointain cousin, elle ne pouvait se permettre de s'attarder.

J'ai l'impression d'être conduite en prison, ou d'être escortée vers un membre de la famille royale qui m'accorderait audience, songeait-elle. Tout cela à la fois, probablement, si le père de sa mère ne s'était pas considérablement adouci pendant les vingt dernières années. D'après Dane, il était toujours aussi inflexible. Mais la jeune fille voulait se former elle-même une opinion, avant de décider s'il était nécessaire de faire passer Mark pour son fils.

Maurice Fowler était un homme de haute taille dont le visage dénotait la nature impitoyable. Comme sa petite fille, il avait les yeux gris clair. Mais, alors que le regard de Meredith était distant, le sien était glacial. Sans doute s'adoucit-il en se posant sur l'enfant endormi, mais ce n'était probablement qu'un réflexe.

La majorité des gens ne peuvent résister à un enfant, surtout s'il est aussi beau que Mark.

Après ce rapide regard vers le garçonnet, le vieil homme fixa Meredith.

— Vous ne ressemblez guère à une Fowler, accusa-t-il.

Visiblement, cela lui déplaisait. Meredith sentait qu'elle n'aurait aucun espoir de liberté si elle se laissait intimider. Elle haussa les sourcils.

— Mon père s'appelait Colfax.

Il y eut un silence inquiétant.

— Asseyez-vous, ordonna enfin Maurice. Litia, donnez-lui le garçon.

Meredith accepta avec reconnaissance le siège que lui indiquait Dane. Elle puisait son courage dans la présence de Mark, dont le corps chaud était blotti contre le sien. Elle promena son regard autour d'elle. De magnifiques tapis persans recouvraient le sol de la pièce aux murs lambrissés, mais le mobilier gâchait tout. D'immenses bureaux, d'énormes armoires, des sièges victoriens médiocres... Cette pièce n'avait pas dû changer depuis une éternité. Il n'était pas étonnant que Maurice soit dur, si c'était là son cadre préféré !

Luttant contre un affolement qu'elle ne devait pas montrer, Meredith observa les deux hommes. Dane se tenait debout à côté de Maurice Fowler. Ils donnaient tous deux la même impression de puissance. Meredith sentait qu'il serait très difficile de leur tenir tête mais elle devait y parvenir, dans l'intérêt de Mark !

— Le nom de votre père ne doit pas être prononcé dans cette maison, annonça froidement Maurice après le départ de Litia.

— Je n'ai pas l'habitude de l'introduire dans toutes mes phrases, mais je n'ai pas l'intention de l'éviter.

— Si vous n'approuvez pas notre façon, vous pouvez partir dès demain.

— Cela me plairait assez d'alimenter les ragots des journalistes, répliqua-t-elle.

— Essayez-vous de me faire chanter ?

Meredith déplaça doucement Mark.

— Oui. Je ne voulais pas venir ici, mais vous avez insisté. Ne pouvant m'occuper de Mark comme il le faudrait, j'ai dû obéir. Vous ne voulez pas de nous et nous n'avons pas envie d'être ici. Mais nous y sommes. Ce n'est pas pour cela que je vais renier les dix-neuf années que j'ai vécues, ni le nom de mon père.

Elle soutint calmement les yeux perçants qui la scrutaient, essayant de découvrir un signe de faiblesse. La crainte qu'elle éprouvait depuis la mort de sa mère venait de disparaître, la laissant libérée. Meredith avait l'impression de comprendre Maurice Fowler. Les fragments dispersés de sa vie se rejoignaient, formaient un tout.

— Au moins, vous êtes loyale, reconnut-il à contre-cœur. Mais ne tentez pas trop la chance. J'ai un atout en main : vous pouvez partir, mais sans Mark. Vous venez de reconnaître que vous ne pouvez vous en occuper seule.

— Et vous, comment ferez-vous ?

— Comme pour votre mère, fit-il en haussant les épaules. Les Fidjiennes adorent les enfants et sont d'excellentes nourrices. Mais je ne commettrai pas les mêmes erreurs ; pas de faiblesse, pas de gâterie. Ce garçon sera élevé pour prendre ma succession. Il saura ce que c'est que d'être un Fowler.

Meredith sentit son sang se figer dans ses veines, mais elle ne pouvait se permettre de montrer sa peur.

— Et Dane, dans tout cela ? Que devient-il ?

— Dane ? Mais il est mon héritier. Choisi parce que je sais pouvoir lui faire toute confiance. Il est intelligent, et ne laissera pas cette affaire péricliter. Dane ne souffrira pas.

— Et si Mark ne veut pas reprendre l'affaire, ensuite ?

— J'ai autorisé votre mère à vivre sa vie, et cela ne lui a pas fait grand bien. Elle a sûrement agi de même avec vous, ce qui n'est pas important. Mais Mark sera éduqué correctement. Il saura ce qu'est l'obéissance.

Lorsqu'il aura huit ou neuf ans, il ira au collège, comme Dane. Il deviendra un homme.

Le regard de Meredith se détacha de son grand-père pour se poser sur le visage de Dane, adossé au mur. Ses traits étaient figés mais elle ne se laissa pas abuser. Cet échange verbal l'amusait prodigieusement. Envahie d'une colère froide, Meredith était persuadée que cet homme ignorait tout du mot obéissance.

— Ce sont donc vos projets pour lui ? s'enquit-elle, autant à Dane qu'à Maurice Fowler.

Ce fut le vieil homme qui répondit.

— Oui. C'est mon seul descendant mâle. Ses parents ne valaient pas grand chose, mais il doit tout de même tenir de moi. Et par dieu, je trouverai en quoi !

— Même s'il doit en souffrir ?

— Les enfants sont capricieux si on les laisse faire. Ne cherchez pas à me convaincre avec votre stupide psychologie moderne, je n'y crois pas.

— Je ne doute pas que vous êtes vous-même fin psychologue, rétorqua-t-elle. C'est indispensable pour un homme d'affaires. Mais cela n'a rien à voir avec la question.

— Qui est ? intervint Dane d'un ton ennuyé démenti par son regard perçant.

Meredith inspira profondément. Elle baissa les yeux sur le bébé toujours endormi.

— Vous ne pouvez disposer de Mark. C'est mon fils !

Elle releva la tête. Pas un muscle du visage n'avait bougé mais on voyait qu'il venait de recevoir un coup terrible. Meredith n'osait pas regarder Dane.

Après un long silence, comme s'il se libérait soudain d'un sortilège, Maurice se retourna vers Dane.

— Tu la crois ?

— Oui.

La réponse était venue sans hésitation. Les baisers avaient déjà détruit des royaumes... Après le baiser de Don, la réputation de Meredith était faite.

— Je vois...

Apparemment, la question était résolue. Maurice se retourna vers sa petite fille.

— Savez-vous au moins qui est le père ? demanda-t-il d'un ton méprisant.

— Oui.

— Qui ?

Meredith cherchait le mensonge le moins désagréable.

— C'était un garçon, à l'école, fit-elle enfin. Mais cela n'a pas d'importance. Maintenant, il est à l'université.

— Intelligent ?

— Oui, admit-elle. Son père avait été brillant, mais incapable de s'établir.

— Est-il au courant ?

Quelle était la meilleure réponse ? Et devait-elle laisser cet interrogatoire se poursuivre en présence de Dane ? Rougissante, comme si son histoire était vraie, elle murmura une réponse négative.

— Je vois...

Maurice se leva avec difficulté. A pas lourds, il s'approcha du fauteuil de Meredith.

— Laissez-moi le voir, ordonna-t-il d'un ton sec.

La tête de Mark était appuyée sur l'épaule de Meredith. Très doucement, elle tourna le visage endormi. Son mouvement déplaça l'encolure de sa robe, laissant voir la douce rondeur de son sein. Elle se sentit rougir, mais parvint à rajuster le tissu sans réveiller Mark. Levant les yeux, elle croisa le regard ironique de son cousin, et rougit de plus belle.

— Le père était brun ?

— Oui, acquiesça-t-elle pensant toujours à leur père.

— Il vous ressemble... En avez-vous parlé à quelqu'un ici ? ajouta-t-il brusquement.

— Non.

— Et à Hibiscus Island ? intervint Dane.

Maurice Fowler se retourna brusquement.

— De quoi parles-tu ?

— Dites-lui, Meredith.

La jeune fille se raidit, agacée. Sans avoir eu l'intention de cacher son séjour sur l'île, elle sentait que Maurice avait subi assez d'émotions. Elle lança un regard glacial à Dane.

— Nous y sommes restés pendant dix jours, fit-elle. Je n'ai dit à personne que Mark était mon fils, mais tout le monde le pensait.

— Aucune confidence, aucun bavardage féminin ? Vous en êtes sûre ? demanda durement Maurice.

— Aucun.

— Alors, nous nous en tiendrons à la première version, fit-il en retournant s'asseoir. Vous Miss, poursuivit-il comme elle ouvrait la bouche, taisez-vous ! Je ne veux pas discuter plus longtemps avec vous ! Tant que vous vivrez ici, ce garçon sera votre frère, un point c'est tout !

Cela dit, il fit un geste qui révéla à quel point il était vieux et las. Il appuya la tête au dossier de son siège et ferma un instant les yeux. Comme s'il s'agissait d'un signal, Dane se déplaça. Il prit Mark des bras de Meredith et, d'un geste impérieux, lui ordonna de le suivre hors de la pièce.

Etonnée, elle se leva. Mais elle ne pouvait pas quitter ainsi son grand-père, cet homme solitaire et amer, assis dans la pièce sombre. Doucement, avant de perdre tout courage, elle s'approcha de lui.

— Merci, souffla-t-elle.

Elle s'éloigna vivement. Elle était persuadée que, s'il la voyait, Maurice Fowler découvrirait combien elle se sentait coupable.

3

— Meddy ? appela Mark avec inquiétude. Meddy ?

— Je suis là, chéri. Veux-tu boire ?

— Oui.

Il but d'un air assoiffé le verre de jus de fruits que lui tendait sa sœur, et lui adressa un grand sourire.

— Où sommes-nous, Meddy ?

— Chez grand-père. Veux-tu voir ma chambre ?

— D'accord, répondit-il gaiement.

Situées dans une aile, les deux pièces ouvraient sur une immense véranda ombragée par des orchidées éblouissantes. Les immenses corolles blanches d'une plante grimpante se balançaient au bord du toit soutenu par de gracieux piliers peints. Meredith et Mark prirent un sentier bordé de plantes aromatiques et arrivèrent dans une cour bordée de hauts murs couverts de vigne vierge. C'est sans doute pour cela que nous avons été installés dans cette aile, pensa Meredith avec une grimace. Dans un angle de la cour, un poincinia dispensait une ombre veloutée. De l'autre côté, sous le toit de chaume d'un petit bungalow sans parois, Meredith avait disposé les jouets de Mark.

— Regarde ! s'écria-t-il. Mes affaires !

Feignant la surprise, elle se joignit à lui, heureuse d'avoir une occupation pour lui faire oublier les heures qu'elle venait de vivre. Elle était douloureusement blessée par la condamnation de Dane, tout en reconnaissant qu'elle s'était exposée à son mépris en déclarant être la mère de Mark.

Mais, même avant ce mensonge, Dane la méprisait. A contrecœur, Meredith songea que le baiser qu'il avait surpris devait avoir l'air moins innocent qu'il ne l'était en réalité. De plus, il avait vu Don l'entraîner vers son bungalow. Mais ce n'était pas la preuve qu'elle était une fille légère. Dane avait sauté à cette conclusion. Peut-être méprise-t-il toutes les femmes, les jugeant inférieures, se dit Meredith en s'installant à l'ombre. Quel avenir agréable en perspective ! Vivre avec son grand-père n'aurait déjà pas été toujours facile, et Dane Fowler était une complication dont elle se serait volontiers passée.

Au coucher du soleil, elle baigna Mark et le mit en pyjama. Après l'avoir fait dîner, elle lui raconta une histoire avant de le coucher. Quelques minutes après lui avoir dit bonsoir, Mark dormait, les bras étendus dans cet abandon propre à l'enfance.

Tous les sacrifices valaient la peine d'être faits pour lui donner la vie heureuse qu'il méritait, pensa passionnément Meredith avant de se retirer.

Elle se changea pour dîner en compagnie de son grand-père et de Dane. Sa robe, d'un rose soutenu, rehaussait la couleur d'or pâle de sa peau.

Litia la conduisit dans une pièce élégante, où un tapis délicat et des meubles orientaux apportaient une note raffinée. Une peinture sur soie, tendue sur un mur, représentait un paysage chinois.

Maurice, assis sur un divan, leva les yeux à son entrée mais ne souffla mot. Debout près d'une fenêtre, Dane scrutait le jardin plongé dans l'ombre. Il se retourna et lança à Meredith un regard étrangement pénétrant. Aucun des deux hommes ne sourit.

— Est-il endormi ? s'enquit Maurice après un silence.

— Oui.

— Renadi va rester près de lui, au cas où il se réveillerait. Voulez-vous boire quelque chose ?

— Si vous me l'offrez, je prendrai un porto sec.

Elle s'assit avec un calme apparent sur le siège que lui indiquait Dane. Maurice la fixait d'un air menaçant, le jeune homme servait à boire. Charmant début de soirée, pensa-t-elle avec ironie.

En fait, l'atmosphère fut assez détendue. Les deux hommes discutaient des événements politiques locaux. Meredith gardait le silence, car elle n'y entendait rien. Mais plus tard, lorsque la conversation roula sur l'art et la littérature, elle eut l'agréable surprise de les surprendre par ses remarques pertinentes.

Après un dîner succulent, servi dans une salle à manger imposante, ils retournèrent dans le salon chinois. Maurice se retira à dix heures, laissant Meredith seule avec Dane.

Le jeune homme avait l'air ennuyé et lointain, mais très attirant pour celles qui aiment les hommes hâlés, au visage sculpté comme dans la pierre.

Ce n'était pas le cas de Meredith. Cependant, elle était assez sensible pour se rendre compte que la vie allait être extrêmement désagréable s'ils ne parvenaient pas à trouver un compromis. Après tout, même s'ils se détestaient, ils devaient vivre sous le même toit pendant un certain temps.

Assez curieusement, Dane semblait avoir eu la même réflexion.

— J'ai remarqué que vous avez soigneusement évité de m'adresser la parole, ce soir. Dans l'intérêt de Maurice, nous devrions nous conduire avec un minimum de courtoisie. Je n'ai pas besoin de vous dire qu'il est malade.

— Non, ce n'est pas la peine. Est-ce le cœur ?

— Je ne sais pas, il ne se confie guère. Mais il a été très actif toute sa vie, et trouve son état très frustrant. Je ne vois aucune raison de lui donner un souci supplémentaire.

— Si vous en voyiez une, le feriez-vous ?

Il sourit, mais ses yeux restèrent froids.

— Vous le découvrirez vous-même, si cela vous intéresse.

— Oh oui, cela m'intéresse !

— Ne tentez pas le diable, chère cousine. Et ne vous y trompez pas : je ne suis ni marié ni fiancé, mais je ne suis pas disponible.

Meredith eut besoin de toute son énergie pour lutter contre la colère froide qui l'envahissait.

— Ne vous inquiétez pas, Dane. Je ne vous trouve pas particulièrement attirant.

— C'est vrai, vous préférez les hommes plus jeunes, répliqua-t-il d'un ton mielleux. J'espère que vous ferez attention et qu'il ne vous arrivera pas une deuxième mésaventure. Maurice peut accepter un arrière-petit-fils bâtard, mais je doute qu'il se montre aussi complaisant pour un second.

— Ne vous inquiétez pas ! grinça-t-elle en crispant les poings. Je vous promets que cela n'arrivera pas.

— Je dois avouer que je m'en doutais.

— Pourquoi ?

— Eh bien, en prenant un tel risque à nouveau, vous auriez agi stupidement. Or, vous n'êtes pas stupide, n'est-ce pas, Meredith ?

Que diable voulait-il dire ? Un instant, devant la lueur amusée qui dansait au fond de ses yeux, la jeune fille pensa qu'il avait deviné son mensonge. Elle scruta intensément son visage, mais ne put en être sûre.

— Je pense que non, répondit-elle enfin à voix basse.

— Bien.

Ils semblaient parvenus à un accord. Meredith soupira. Elle essayait d'oublier le doute apporté par cette conversation. Dane fixait le fond de son verre et souriait légèrement. Finalement, il finit sa boisson et déclara :

— Vous avez l'air perplexe. Ai-je dit quelque chose ?...

— Seulement sous-entendu que je ne suis pas stupide.

— Pourquoi cela vous surprend-il ?

— Oh, rien. Mais cet après-midi, j'avais l'impression de n'avoir vraiment aucune qualité.

— Ma chère enfant, puisque vous recherchez les compliments, je peux vous dire que vous êtes visiblement très belle et très courageuse. Vêtu d'un *sulu* mouillé, votre corps est l'un de ceux que tout homme remarque. Je mentirais si je n'admettais pas pouvoir vous désirer très facilement. Je vous l'ai déjà dit cet après-midi, je crois. Cependant, je ne suis ni idiot, ni esclave de mes besoins physiques au point d'oublier tout ce que j'ai appris sur les femmes et me lancer dans une aventure avec vous. Plus tôt vous vous en rendrez compte, mieux ce sera pour tout le monde. Ai-je été clair ?

Sous le dédain cinglant de sa voix, Meredith avait pâli. Comme il la méprisait ! Se raccrochant à sa fierté, elle se leva.

— Très clair. Soit vous avez la vanité du diable, soit vous avez tellement peur de mon charme qu'il vous faut un bâton pour m'effrayer. Puisque nous sommes aussi francs, je vais mettre les choses au point, moi aussi. Je ne ressens rien pour vous, Dane. Si je voulais me marier, je chercherais quelqu'un qui ne soit pas seulement un être froid et calculateur, seulement bon à dire de telles insultes !

Presque aveuglée par les larmes, elle se dirigea vers la porte, mais s'arrêta pour lancer :

— Je ne voudrais pas de vous, même si vous étiez le seul homme sur la terre. Vous pouvez vous détendre. Bonsoir !

Elle regagna sa chambre, les jambes tremblantes.

Quelle scène odieuse ! Mais elle ne regrettait pas ses paroles. Comment osait-il la traiter ainsi ? Elle le détestait, le détesterait toujours ! Quel dommage qu'elle doive faire semblant de bien s'entendre avec lui !... Avec un peu de chance, elle le verrait peu. Il passait sans doute la majeure partie de la journée à travailler.

Il ne parut pas au petit déjeuner, le lendemain. Meredith apprit qu'il s'était fait conduire à l'aéroport d'où il s'était envolé pour Suva, la capitale.

— Il sera de retour pour dîner, lui apprit Maurice. Nous avons des invités, ce soir. Avez-vous une robe présentable ?

— Bien sûr.

— Je veux dire quelque chose d'habillé, qui vous mette en valeur. La jeune fille que Dane veut épouser sera là. Elle est très belle, et s'habille avec beaucoup de goût.

— J'ai deux robes du soir, une courte et une longue. Elles sont seyantes, mais aucune ne me transformera en belle princesse !

— Eh bien, mettez celle que vous voulez. Nous irons bientôt en Australie. Là-bas, vous achèterez quelques vêtements.

— Merci. Vous êtes très gentil, le remercia-t-elle avec effort.

— Je ne suis pas gentil, et vous le savez. Ici, vous êtes une Fowler, et vous devez tenir votre rang. Pour cela, il vous faut des toilettes décentes. Je vais vous allouer une somme qui devrait couvrir vos besoins. Dane y veillera.

Meredith se jura de ne pas se servir de cet argent, mais elle le remercia une nouvelle fois.

Après le déjeuner, elle se promena dans le parc avec Mark. Les jardins, agencés avec goût, semblaient parfaitement naturels, comme certains parcs anglais. Mais la taille exubérante de l'immense banian, l'enthousiasme tropical des buissons aux feuilles multicolores étaient inconnus en Angleterre. Et les fleurs ! Il y avait des hibiscus de toutes les nuances de rouge et de jaune, des bougainvillées grimpantes, des frangipaniers, des orchidées et bien d'autres espèces qu'elle n'avait jamais vues.

— Joli, fit Mark en cueillant une large corolle dorée.

— Magnifique ! renchérit-elle.

Suivant un passage voûté couvert de minuscules panicules roses, ils arrivèrent près d'une piscine.

— On va nager ? proposa Mark.

Ils nagèrent, dégustèrent les fruits que leur apportait Litia. Cela aurait pu être une journée passée dans un endroit désert, car ils n'avaient pas revu Maurice depuis le repas. Mais il y avait Litia, et Renadi, la jeune femme qui s'était occupée de Mark, et deux jardiniers, Joseph et Matiu. Ils étaient tous très intéressés par Mark, et plus encore par Meredith.

Enfin, Mark fut endormi dans son lit. Meredith étudiait son reflet dans le miroir de sa chambre. Un pli barrait son front. La robe couleur miel, si élégante en Angleterre, paraissait bien terne sous les Tropiques.

Peu importe, se dit Meredith pour se réconforter. La robe moulait délicatement les courbes à peine adultes de son corps, et ses sandales à talons hauts lui donnaient de l'assurance. Très soigneusement, elle ombra ses paupières et maquilla ses lèvres. Elle mit à ses oreilles des boucles de quartz rose, un cadeau de son père à sa mère, et vaporisa un peu de son parfum préféré.

— De quoi ai-je l'air ? demanda-t-elle à Renadi.

— Vous êtes très jolie, répondit sincèrement la Fidjienne.

Après avoir embrassé Mark, Meredith se dirigea vers le salon. Dane venait à sa rencontre, le visage toujours figé dans cette expression d'ennui qu'elle détestait tant.

— Suis-je en retard ? s'inquiéta-t-elle, tendue.

— Non. Mais Maurice s'impatiente.

Il voulait probablement s'assurer que la tenue de Meredith ne le déshonorerait pas. Fièrement, la jeune fille releva le menton. Le son de ses talons claquant sur le sol, lui donnait confiance en elle.

Consciente du regard scrutateur de son grand-père, elle traversa le salon. Il ne fit aucun effort pour cacher son examen.

— Cela ira, maugréa-t-il enfin. Vous avez beaucoup plus de classe que… que beaucoup.

Tournant la tête, il adressa quelques mots en fidjien à l'homme qui se tenait à ses côtés, qui s'éloigna. Meredith sentit Dane se raidir. Le bref coup d'œil qu'elle lui lança ne lui apprit rien.

— Asseyez-vous. Comment va l'enfant ?

— Un tremblement de terre ne le réveillerait pas, expliqua Meredith en prenant place. Il dort toujours profondément.

— Joseph m'a dit qu'il sait nager ?

— Mais oui ! Il sait aussi grimper aux arbres, ajouta-t-elle, espiègle, et son babillage constant pousse les gens à se boucher les oreilles.

— J'ai commandé un tricycle pour lui.

Meredith fronça les sourcils.

— Je ne voudrais pas paraître ingrate, mais je préférerais que vous ne lui offriez pas de jouets. Il est tout à fait heureux avec ceux qu'il possède déjà.

— Peur que je le gâte ? Je lui offrirai ce que je voudrai, Miss, et vous n'y pouvez rien !

Il cherchait à provoquer une discussion. Meredith serra les lèvres, refusant de lui donner ce plaisir. Heureusement, le Fidjien revenait, porteur d'une petite boîte qu'il remit à Maurice.

— C'était à votre mère, fit-il en lui tendant un écrin renfermant une bague. Cela s'harmonisera avec vos boucles d'oreille.

La pierre scintillait, sertie de diamants. D'une couleur rose pâle, peu commune, elle possédait le même éclat que la monture. Meredith l'admira en retenant son souffle.

— Qu'est-ce ? s'enquit-elle.

— Un diamant rose.

Un instant, elle resta fascinée par le merveilleux bijou. Puis, par loyauté envers sa mère, elle referma l'écrin et leva les yeux vers son grand-père. L'expression du Fidjien la surprit : debout derrière Maurice, il fronçait les sourcils avec inquiétude, et la pressait d'accepter. A travers ses cils, Meredith adressa un appel silencieux à Dane, qui inclina légèrement la tête.

Lentement, elle rouvrit le coffret, en sortit la pierre scintillante et la glissa à sa main droite.

— Merci, souffla-t-elle.

— Un de ces jours, je vous conterai son histoire, ironisa le vieil homme. J'entends nos invités arriver.

A part Meredith, Dane et Ginny Moore, la femme qu'il devait épouser, les convives étaient des personnes d'âge mûr. Miss Moore et sa mère, visiblement très favorable à l'idée d'une telle union, avaient évalué Meredith du regard. Elles possédaient toutes deux des yeux bleu comme la mer.

A part cela, elles n'avaient pas grand-chose en commun. M\ᵐᵉ Moore était une femme alanguie, s'intéressant à l'art, alors que sa fille était très moderne, très à la mode, et avait une opinion sur tout.

Etonnée par ces pensées peu charitables, Meredith se reprit. Il n'était pas difficile d'être agréable avec les amis de Maurice, qui l'avaient adoptée à l'unanimité. Mais Ginny Moore... Meredith ne parvenait pas à chasser de son esprit l'impression désagréable que Miss Moore l'avait détestée dès le premier regard. Pire encore, elle sentait que cette antipathie était réciproque !

Meredith occupait, à table, la place de l'hôtesse. Par bonheur, les invités se connaissaient tous et s'étaient lancés dans une discussion animée. Elle n'avait donc pas besoin de chercher des sujets de conversation.

Dane se révéla très mondain. Même si Maurice ne l'avait pas élevé pour faire de lui son successeur, il serait parvenu, de lui-même, à atteindre cette position. Il avait le même air indéfinissable d'autorité que le vieil homme. Et rien, pas même ce magnétisme, ne parvenait à cacher l'intelligence derrière ces traits séduisants, songea Meredith en l'observant charmer une vieille dame.

La conversation était animée autour d'elle. A son doigt, le diamant rose scintillait, lui rappelant constamment sa place dans cette maison.

— Vous êtes bien calme, Meredith. Etes-vous fatiguée ?

La voix de Ginny Moore paraissait étrangement forte, dans le silence soudain.

— Pas du tout.

— Vous vous ennuyez, alors ? insista Ginny. A votre âge, une telle réunion m'aurait paru ennuyeuse !

Meredith avait la désagréable impression d'être traitée avec condescendance. Mais, au fond d'elle-même, elle savait que Ginny Moore ne se montrait pas simplement condescendante : elle était délibérément hostile. Consciente des regards de Dane et de Maurice posés sur elle, Meredith se permit de paraître étonnée.

— Vraiment ? Non, je vous assure. Disons que je suis impressionnée. J'apprécie les conversations intéressantes. Mais, à moins d'avoir des remarques pertinentes à faire, je préfère écouter, au lieu de me montrer stupide.

Les yeux bleus s'élargirent puis se rapprochèrent, enlevant toute beauté au visage de Ginny. La remarque de Meredith avait porté. Mais Miss Moore savait se maîtriser.

— Que c'est gentil à vous ! Mon cher, poursuivit-elle en se tournant vers Dane, votre petite cousine est une vraie Fowler, n'est-ce pas ? Elle n'a pas peur d'énoncer des opinions définitives !

Meredith était prête à regretter sa remarque impulsive, et s'en voulait. Mais Dane, impassible, riposta :

— Le temps le dira, Ginny.

Meredith s'obligea à ne pas regarder Maurice Fowler. Elle ne voulait pas paraître inquiète de sa réaction. Qu'elle dépende de lui au point de vue matériel était une chose, mais elle ne devait pas pour autant s'appuyer sur lui en toute occasion.

Il était amusant d'étudier le comportement de Ginny Moore envers Dane. Trop fine pour être d'accord avec lui sur tout, elle montrait que, même si leurs avis différaient sur des détails, ils se retrouvaient sur les questions essentielles.

Très rusé, mais si c'était là la tactique à adopter pour trouver un mari, Meredith préférait rester célibataire.

Après dîner, ils prirent le café et les liqueurs sur la véranda.

— Asseyez-vous près de moi, ordonna Maurice.

Avec un soupir de soulagement, Meredith s'adossa aux coussins moelleux de son fauteuil. La nuit l'enchantait. Dans le Pacifique Sud, les étoiles paraissent très proches, si proches que l'on a l'impression de pouvoir les toucher.

— L'atmosphère est plus pure, lui dit Maurice lorsqu'elle en fit la remarque. Avez-vous vu la Croix du Sud ?

— Oui, dès le premier soir. Pourquoi l'appelle-t-on la Croix ? Je trouve qu'elle ressemble à un cerf-volant.

— Eh bien, ma fille, c'est un blasphème ! s'écria Maurice en riant. Vous intéressez-vous aux étoiles ?

— Il est difficile de faire autrement, lorsqu'on vit ici. Je veux dire qu'elles sont tellement proches qu'elles sont un peu oppressantes, n'est-ce pas ?

— On peut les voir ainsi... Aimiez-vous votre travail à la banque ?

Abasourdie par le brusque changement de sujet, Meredith balbutia :

— Oui... Oui, je l'appréciais... Au moins...

— Eh bien ? insista-t-il.

— Ma foi, c'était probablement mieux que l'enseignement, répondit-elle avec méfiance.

Maurice sourit et se tourna vers un couple qui discutait à voix basse. Apparemment, il avait appris ce qu'il désirait savoir car, jusqu'à la fin de la soirée, il ignora sa petite-fille.

Les invités prirent congé relativement tôt. Quelques minutes après leur départ, Maurice regagna sa chambre, lourdement appuyé au bras du Fidjien qui lui avait apporté le coffret à bijoux. Il avait présenté cet homme à Meredith.

— Voici Vasilau, Meredith. Vous le verrez souvent. Il s'occupe de moi.

Comme tous les Fidjiens, Vasilau avait un sourire éclatant. Ses yeux noirs, aussi perçants que ceux de Maurice, étaient cependant plus doux. Son expression, lorsqu'il aida le vieil homme à se lever, était aussi affectueuse que celle d'un fils pour son père. Meredith en fut heureuse. Elle n'avait aucune raison de se sentir désolée pour le vieil autocrate, mais il était agréable de savoir qu'il inspirait de l'estime, aussi bien que du respect.

Pensivement, elle se dirigea vers sa chambre. Elle sentait qu'il valait mieux se retirer avant le retour de Dane, qui avait raccompagné les Moore chez elles. Cela ne l'étonnerait pas que son cousin la réprimande pour son involontaire grossièreté envers sa future épouse, et elle préférait éviter de le rencontrer en tête à tête. Tout en pensant joyeusement que Ginny et lui se complétaient fort bien, elle se déshabilla et se coucha.

Malheureusement, lorsqu'elle et Mark vinrent prendre leur petit déjeuner, Dane était seul. A en juger par le sourire contraint qu'il leur adressa, il aurait sûrement préféré être seul. Meredith réprima une grimace devant cet accueil froid.

— Il fait très beau ! fit-elle gaiement observer en installant Mark sur sa chaise.

— Très moyen pour la saison.

Miséricorde, il était renfrogné ! Meredith aida Mark à manger ses céréales. Elle se demandait quel âge avait Dane. Il agissait comme un homme de quatre-vingt-dix ans, mais en paraissait à peine trente.

Un homme de trente ans très séduisant, en fait, mais pas du tout attirant pour Meredith. Son intelligence et son magnétisme, combinés à cette dure intolérance qui semblait être son trait dominant, étaient écrasants. De plus, c'était un hypocrite. Il la méprisait pour sa conduite légère, mais, la veille, il avait montré qu'il avait eu sa part d'expériences féminines, et pas des plus platoniques !

Décidément, Meredith détestait les hommes qui lui donnaient des picotements sous la peau. Elle prit son petit déjeuner en silence. Mark, pas du tout intimidé par le silence obstiné qui régnait de l'autre côté de la table, parlait, riait, se conduisait tout à fait normalement.

Soudain, Vasilau apparut sur le seuil.

— Miss Meredith, pouvez-vous me suivre, s'il vous plaît ?

— Oui. Oui, bien sûr.

Elle hésita un instant.

— Je ne vais pas le manger, vous savez, fit sèchement Dane.

— Sois gentil, ordonna-t-elle à Mark avant de s'éloigner.

— Votre grand-père veut vous voir, lui apprit Vasilau.

— Il va bien ?

— Oui. Il a quelque chose à vous dire.

Le vieil homme fut bref.

— Vous allez vous charger de la bonne marche de la maison, commença-t-il en lui lançant un regard vif. Tafau veut se retirer chez ses petits-enfants, et cela vous occupera. Elle viendra vous retrouver tout à l'heure, vous verrez avec elle.

Meredith ne connaissait rien dans ce domaine mais, avec l'optimisme de la jeunesse, elle espérait apprendre vite. Elle acquiesça gaiement.

Peut-être un peu trop, car son grand-père reprit :

— Vous devrez veiller à tout, vous savez. Les menus, ce genre de choses.

— Il y aura peut-être quelques erreurs, mais je ne ferai pas la même deux fois, assura-t-elle.

— Dans ce cas, vous ferez l'affaire, sourit-il. Allez terminer votre café.

Il semblait que ce soit le jour des surprises. Elle trouva Dane essuyant les joues de Mark. L'enfant, au lieu de gesticuler et de pleurnicher, comme il en avait l'habitude, restait sagement assis. Ses yeux sombres étaient posés, avec une intense adoration, sur le visage qui le dominait.

Ni l'un ni l'autre ne relevèrent la tête à l'entrée de Meredith. Dane reposa la serviette, et Mark lui adressa un sourire angélique.

— Merci, monsieur, dit-il.

Dane lui rendit son sourire, et caressa d'un doigt la joue potelée.

— Très bien.

Pour dissimuler sa stupéfaction, Meredith but précipitamment un jus d'orange et, inévitablement, elle s'étrangla. Les deux hommes l'observaient avec la même expression railleuse, et elle éclata de rire, les yeux brillants de gaieté.

Mark l'imita en battant des mains ; un instant, Meredith pensa que Dane allait se joindre à eux, mais, apparemment, il ne lui pardonnait pas. Ses traits virils s'étaient durcis. Elle se sentait glacée par cette évidente rebuffade, et le rire disparut de ses yeux.

— Merci de vous être occupé de Mark, fit-elle poliment.

— Une surveillance de cinq minutes ne donne pas lieu à des remerciements... Au fait, Ginny vient vous voir cet après-midi.

— Oh ! C'est gentil de sa part ! jeta-t-elle avec effort.

— Oui, en effet. Comme moi, elle a peu de temps à consacrer à des adolescentes effrontées mais elle pense que vous vous ennuieriez vite si vous n'étiez pas présentée à quelques jeunes gens. Je crois qu'elle vous en présentera.

— C'est vraiment très gentil à elle, répéta Meredith.

— Je suis heureux que vous le pensiez, déclara-t-il sans être dupe. Maîtrisez votre impertinence. Ginny a d'excellentes manières, et vous n'avez pas à craindre de la voir prendre sa revanche. Mais je n'ai pas de telles inhibitions.

— Quel protecteur ! s'émerveilla-t-elle. Ne vous inquiétez pas, je ne prends pas l'initiative. Je ne fais que me défendre. Si elle est sympathique avec moi, je le serai avec elle.

— Je crois qu'il est inutile de vous dire que vous allez

être le centre d'intérêt. Chacun va essayer de découvrir quelle fille vous êtes. Votre conduite rappellera celle de votre mère, dit-il sèchement.

Meredith le regarda se lever. Il sourit à Mark, lui adressa un signe de tête et s'éloigna, très maître de la situation. Sa dernière remarque avait porté, et garantissait une bonne conduite dans l'avenir. Pour rien au monde Meredith ne donnerait à son cousin la possibilité de critiquer la mémoire de sa mère ! Dane Fowler était un homme intelligent et impitoyable. Il serait bon de ne pas l'oublier.

Soudain, mue par une soudaine tendresse, elle embrassa Mark. Main dans la main, ils se rendirent dans la salle à manger où les attendait Tafau.

L'entrevue fut brève. La gouvernante resterait encore un mois, le temps de mettre Meredith au courant. Elle lui fit faire ensuite le tour du propriétaire, avec toute la fierté d'une personne qui a travaillé avec acharnement pour atteindre le résultat désiré.

L'ancienne maison coloniale, très agréable, avait subi de nombreuses modernisations. Elle était très confortable. La plupart du mobilier était oriental, et disposé avec goût, mais la demeure ressemblait à un musée. Seules les fleurs égayaient la perfection inanimée des pièces. Meredith se sentait légèrement oppressée par l'ordre et la tranquillité. Pour faire revivre l'endroit, il aurait fallu une famille qui l'emplisse de rires, qui laisse traîner des livres ou des disques...

La cuisine était une nouvelle surprise. Dirigée par Joe Kean, un Chinois, elle était flambant neuve.

— M. Dane l'a fait refaire, expliqua Tafau. L'année dernière, une femme est venue d'Australie. Elle a regardé Joe travailler pendant une semaine entière. Et puis elle s'est assise pendant une autre semaine, pour dessiner les plans. Ça rend le travail plus facile, n'est-ce pas, Joe ?

— Oui, beaucoup plus facile, approuva-t-il en tendant un biscuit à Mark.

Faisant comme si elle n'avait rien vu, juste pour une

fois, Meredith le complimenta pour ses repas et poursuivit son exploration des lieux. Finalement, elle arriva sur la véranda. Maurice, installé dans un fauteuil en rotin, observait sardoniquement un minuscule *gecko* qui se faufilait sur ses pieds.

— Eh bien ? lança-t-il en levant les yeux vers Meredith. Pensez-vous y arriver ?

— J'apprendrai, répondit-elle avec dignité.

— Tafau ?

— Elle a la tête sur les épaules. Ne vous inquiétez pas, elle y arrivera, assura-t-elle en souriant.

— Elle a intérêt ! Servez le thé, Meredith. Que prendra l'enfant ?

— Du jus de fruits, répondit Meredith en souriant à Tafau. Merci de m'avoir montré la maison. Pourrais-je vous voir après le thé ? Je voudrais vous demander quelques petites choses.

— Mais bien sûr.

— Vous devriez pouvoir en être capable, décida Maurice quand ils furent seuls. Le personnel connaît son travail. Il n'a pas besoin d'être très surveillé, mais il est aussi bien qu'il sache à qui s'adresser, au besoin. Joe est le maître absolu dans la cuisine, bien sûr. Voyez les menus avec lui, mais ne lui donnez pas d'ordre. Je ne veux pas le voir partir parce que vous l'aurez froissé.

— Je ferai de mon mieux, assura-t-elle.

Maurice fit entendre un reniflement de mépris et reporta son regard sur Mark.

— Il vous faudra une nurse pour lui, déclara-t-il brusquement. Ginny pense qu'une Karitane de Nouvelle-Zélande ferait l'affaire.

Meredith ne savait pas ce qu'était une Karitane, mais le fait que Ginny l'ait proposée l'irrita profondément.

— Je préfère m'occuper de lui moi-même. Après tout...

— Une Karitane vous déchargerait de cette responsabilité.

Meredith leva les yeux vers Dane, alarmée par son arrivée soudaine.

— Je ne veux pas être déchargée de cette responsabilité, dit-elle fermement. Mark a été suffisamment perturbé, ces derniers mois. Ce dont il a besoin, c'est de temps pour s'adapter et se sentir ici chez lui.

— Dans ce cas, Renadi sera sa nurse, fit Maurice en haussant les épaules. Vasilau m'a dit qu'elle aimait les enfants. Il faudra une nouvelle domestique. Parlez-en à Tafau, elle saura qui engager. Et écoutez-moi, Miss. Laissez Renadi s'occuper du garçon ! Pour son bien, je ne veux pas qu'il dépende trop de vous !

Meredith lança un coup d'œil à Dane. Sous les sourcils sombres, les yeux d'ambre ne révélaient qu'un manque d'intérêt. Mark, l'objet de cette discussion, riait doucement en observant un autre *gecko* tapi dans la treille. Il avait l'air tout petit et merveilleusement inconscient de la bataille qui se livrait autour de lui.

— Son bonheur dépend de moi, insista Meredith. La mort de maman a été la fin de la seule vie qu'il ait jamais connue. Je suis la seule familière, ici, avec son lapin en peluche. Laissez-le ainsi, avant de faire de nouveaux changements !

— Sentimentalité idiote ! grogna Maurice. Vous êtes bien la fille de votre mère ! Eh bien, Dane ?

Ce fut sans doute la plus grosse surprise de ce jour étonnant.

— Je crois que Meredith a raison, répondit calmement le jeune homme. Mais il me semble que vous discutez pour rien. Vous êtes d'accord pour que Renadi s'occupe de Mark. Pourquoi se quereller sur la personne dont il dépend ? Ne vous attendez pas à ce qu'il soit indépendant avant plusieurs années.

— T'es-tu transformé en pédiatre ? interrogea Maurice avec mépris.

Il pianotait nerveusement sur le bras de son fauteuil.

— J'aurais du mal, sourit Dane. Mais je ne suis pas aussi têtu que vous deux.

— Tu appelles cela détermination, chez toi, et considères que c'est une qualité ! C'est bon, Miss. Vous continuez à être responsable de l'enfant, mais Renadi s'occupera de lui.

Meredith avait l'impression que le sol s'était dérobé sous elle, la laissant incapable de bouger. Elle se sentait en position d'infériorité. Elle ne savait malheureusement pas comment c'était arrivé, ni pourquoi. Mais, quoi qu'il arrive, Mark ne devait pas souffrir.

4

Après le repas, tout s'apaisa. Ce n'était pas encore l'été mais au milieu de la journée, le soleil chauffait à blanc et tous se reposaient.

Après avoir écrit quelques lettres, Meredith alla s'allonger sur la véranda, où elle finit par s'endormir sur sa chaise longue.

Heureusement, elle se réveilla avant l'arrivée de Ginny.

— Viens mon chéri, fit-elle à Mark qui se montrait de mauvaise humeur. Allons nous baigner.

— D'accord, acquiesça-t-il en courant chercher son maillot.

Ils nageaient depuis quelque temps lorsqu'elle s'aperçut qu'ils n'étaient pas seuls. Derrière Maurice, installée à l'ombre, se tenait Renadi qui observait Meredith et Mark avec envie.

— Venez donc ! lui cria Meredith.

La jeune Fidjienne s'approcha timidement. Toujours vêtue de son *sulu*, elle se laissa glisser dans le bassin. Ravi par cette fille qui nageait tout habillée, Mark oublia sa timidité. Ils passèrent tous trois une joyeuse demi-heure. Finalement, Meredith les laissa jouer ensemble. Elle s'approcha de son grand-père.

— Ce costume de bain est indécent, déclara-t-il.

— Voyons, sourit-elle. C'est un bikini très correct.

— Aucun bikini n'est correct ! Avez-vous de quoi vous couvrir ?

Meredith s'enveloppa dans une immense serviette.

— C'est mieux. Les Fidjiens sont des gens modestes, et il est inutile de les embarrasser.

— Vous voulez dire que je ne dois pas me mettre en bikini ?

— Non, bien sûr, admit-il à contrecœur. Mais couvrez-vous en sortant de la piscine. De toute façon, vous êtes trop blonde pour prendre des bains de soleil.

— Je ne suis pas stupide !

— Nous verrons... Allez dire à Renadi de se changer et de ramener l'enfant à l'intérieur.

Après le départ de Renadi, Meredith et Maurice gardèrent le silence. Mark jouait avec un caillou. Meredith se leva d'un air décidé en voyant apparaître la jeune Fidjienne.

— Je les accompagne, déclara-t-elle.

— Mettez une robe décente ! Ginny est connue pour son chic.

Furieuse, Meredith regagna la maison. Après avoir pris une douche, elle chercha une tenue dans la penderie. Elle opta finalement pour une robe lilas et blanc qui rehaussait le léger hâle de sa peau.

— Ginny vous emmènera faire des emplettes demain, lui apprit Maurice lorsqu'elle revint sur la véranda. Vous avez besoin de vêtements.

L'arrivée de l'élégante Miss Moore la dispensa de riposter vertement. Peter et Sarah King, deux jumeaux de vingt ans, accompagnaient la jeune femme. Peter et son père travaillaient pour une compagnie aérienne ; Sarah, étudiante en Nouvelle-Zélande, passait les vacances dans sa famille.

Ginny distillait ces informations avec une délicatesse charmante qui faisait l'admiration de Meredith, mais n'augmentait malheureusement pas le peu d'estime qu'elle portait à cette femme antipathique. Ginny s'était octroyé le rôle d'hôtesse, et semblait déterminée à mener la conversation.

Elle va sûrement cesser de se montrer aussi écrasante, songea Meredith à l'arrivée de Dane. Mais non… Avec un sourire, Ginny l'invita à se joindre à eux, et ce fut tout.

C'était une conduite étonnante pour une femme censée être amoureuse. Meredith détestait profondément son cousin, mais elle était terriblement consciente de sa présence. Comme Sarah. Alors que la femme qu'il allait épouser n'avait montré qu'un plaisir mitigé en le voyant arriver. Elle est peut-être insensible, pensa Meredith.

Un curieux fourmillement sur sa nuque lui fit prendre conscience qu'elle fixait le jeune homme, et qu'il soutenait son regard. Meredith rougit et détourna la tête pour surveiller Mark. Elle déniait à ce regard d'ambre le droit de la bouleverser. Pourtant, il lui fallut plusieurs minutes pour recouvrer son calme. Elle l'avait regardé comme si elle voulait graver ses traits dans sa mémoire, et il avait eu toutes les raisons de faire de même en retour. Mais pas comme si j'étais un animal répugnant ! se dit-elle avec indignation.

Litia apporta le thé. Elle déposa le plateau devant Meredith. Puisqu'elle se considère comme la maîtresse de maison, c'est à Ginny que l'on aurait dû confier cette tâche, songea-t-elle tout en faisant le service. Elle était persuadée que le geste de Litia avait irrité Miss Moore qui, cessant de diriger la conversation, se pencha pour parler à voix basse vers Dane.

Sarah et Peter se détendirent.

— Connaissez-vous la côte de Corail ? C'est un site magnifique, et la route est très pittoresque !

— Avez-vous vu ces hommes qui marchent sur le feu ? s'enquit Sarah. C'est un spectacle bouleversant ! Pourquoi n'irions-nous pas la semaine prochaine, Peter ? Meredith adorerait cela !

— C'est une excellente idée. Pouvons-nous organiser cela, monsieur ? demanda-t-il à Maurice.

— Meredith est assez grande pour décider seule. Nous recevons lundi et mardi, mais elle est libre tous les autres soirs.

Ce fut donc décidé, de même qu'une visite au Club le lendemain matin.

— Votre frère y trouvera des petits camarades, remarqua Sarah. Le matin, les mères organisent une garderie. Nous pourrions aussi déjeuner là-bas, si vous voulez.

— Non merci, répondit Meredith après une hésitation. Je crois qu'il vaudra mieux rentrer. Mark se fatigue vite.

Comme s'il avait compris qu'elle parlait de lui, Mark se précipita vers sa sœur. Soudain, il trébucha sur l'un de ses cubes et s'effondra sur la chaise de Ginny. La tasse bascula dangereusement et se renversa sur la robe immaculée.

Meredith se sentit défaillir devant la colère froide qui brillait dans les yeux de Ginny. Il y eut un instant de silence avant que Mark ne se mette à hurler. Après avoir vainement tenté de le consoler, Meredith prit l'enfant dans ses bras.

— Excusez-moi, pria-t-elle. Je vais l'emmener et le calmer.

— Donnez-le à Renadi ! intervint Maurice d'une voix dure.

— Elle n'y parviendrait pas. Je ne serai pas longue.

Mais il lui fallut un certain temps pour apaiser les sanglots de Mark. Blotti contre elle, il enfouissait le visage dans l'épaule de sa sœur.

— Est-il calmé ? s'enquit Dane en apparaissant.

— Oui, ça va mieux. Et quand Renadi t'aura apporté un jus d'ananas, ça ira tout à fait bien, n'est-ce pas, chéri ?

En guise de réponse, Mark fit entendre un énorme reniflement. Dane tendit son mouchoir à Meredith.

— Prenez-le ! ordonna-t-il en la voyant hésiter. Je ne supporte pas les enfants qui reniflent !

L'enfant se redressa. Il regarda avec curiosité l'homme adossé à un pilier.

— Dane ! s'écria-t-il fièrement.

— Oncle Dane, corrigea Meredith.

— Je ne suis pas son oncle. Laissez-le m'appeler comme il le désire.

— Dane ! répéta Mark en se laissant glisser à terre.

Il traversa la véranda et saisit dans sa menotte le pli impeccable du pantalon.

— Viens ! intima-t-il.

Dane haussa un sourcil et détacha la petite main collante, mais il ne fit aucune tentative pour se libérer de l'étreinte de Mark.

— Où ?

— Ma maison !

Prenant le sentier bordé d'arbustes, ils se dirigèrent vers le petit bungalow caché sous les arbres. Mark babillait gaiement. Parfois, la voix profonde de Dane lui répondait.

Meredith était stupéfaite. Dane n'était donc pas entièrement un ogre ! Il désirerait sûrement des enfants. Malgré tous ses efforts, Meredith ne parvenait pas à imaginer Ginny mère de famille. Elle engagera probablement une nurse karitane et les verra cinq minutes par jour, pensa-t-elle en souriant malgré elle. Pourtant, cette pensée la contrariait curieusement et elle la chassa de son esprit. Elle ne devait pas se laisser obséder par Miss Moore !

Malheureusement pour cette louable décision, un bref coup frappé à la porte précéda la dame en question.

— Se met-il souvent dans de telles colères ? s'enquit Ginny.

— Jamais. Mais tout se passe un peu trop vite pour lui, je crois.

— Dans ma famille, ce genre de scène s'appelle une colère. J'espère qu'il n'a pas l'habitude de se conduire ainsi, ou vous devrez le tenir à l'écart lorsqu'il y aura des invités. Maurice s'est senti humilié par ses cris.

— Vous expliquerez cela à Mark, mais je doute qu'il comprenne. Et jusqu'à ce qu'il soit en âge de le faire, Maurice et ceux qui vivent ici devront supporter les réactions normales d'un enfant, dans des circonstances exceptionnelles. Il est trop jeune pour être poli ou pour cacher ses sentiments.

Les lèvres maquillées se serrèrent pour former une ligne dure. Ginny, cependant, était trop maîtresse d'elle-même pour trahir un sentiment aussi vulgaire que la colère.

— Plus tard, vous apprécierez la gentillesse dont Maurice a fait preuve en vous accueillant. Il est très connu dans le Pacifique Sud, beaucoup plus que lors du départ de votre mère. Il est assez impitoyable pour se débarrasser de ceux qui le gênent.

Meredith était écarlate. Comment cette... cette garce osait-elle la menacer de renvoi, comme une domestique insolente ?

— Je n'en doute pas, répondit-elle. Peut-être avez-vous oublié que je suis, moi aussi, une Fowler. Je peux être aussi impitoyable que Maurice. Mais je crois que ce n'est pas votre problème, et il serait d'accord avec moi là-dessus. Aviez-vous autre chose à me dire ?

Un instant, Ginny donna l'impression de vouloir la gifler. Ses mains se crispèrent sur son sac, trahissant sa fureur.

— Oui, marmonna-t-elle d'une voix tendue. Maurice souhaite que je vous aide à choisir une garde-robe. Soyez prête à neuf heures. Et n'emmenez pas Mark !

— Très bien, je n'y manquerai pas.

Dans des conditions habituelles, Ginny aurait pris congé avec la courtoisie dont elle faisait preuve, mais elle quitta la pièce sans plus de cérémonie.

Meredith rafraîchit ses joues brûlantes. Affronter une ennemie était une chose terrible. De plus, elle ne savait pas pourquoi Miss Moore la détestait. Sans doute était-ce cette haine instinctive dont on parle dans les romans...

Mais quel aplomb ! Meredith se mordit la lèvre. Elle ne devait pas se laisser troubler par Ginny. Même si elle épousait Dane, Ginny n'aurait aucun droit de la blâmer ou de la menacer, elle devrait s'en rendre compte.

Extrêmement tendue, la jeune fille adressa une

horrible grimace au miroir et sortit à la recherche de Mark et Dane.

Une étrange timidité l'empêcha de les rejoindre. Dane, debout, regardait Mark lui montrer ses trésors. Bien que ne se ressemblant pas, le petit garçon brun et l'homme possédaient un trait commun. L'empreinte des Fowler, pensa ironiquement Meredith. Un mouvement un peu brusque de sa main révéla sa présence, et ils eurent tous deux le même geste pour tourner la tête, la même expression sur le visage.

— Viens voir ! ordonna Mark.

Dane la regarda approcher.

— Que se passe-t-il ?

— Rien, mentit-elle.

— Dans ce cas, je vous laisse. J'ai du travail.

— Reviens, proposa Mark avec un sourire confiant.

— Je reviendrai.

Il s'éloigna sur la pelouse. Le soleil couchant couvrait d'or sa silhouette. Longtemps, Meredith le contempla. Elle se pencha et serra Mark sur son cœur. Le baiser poisseux de l'enfant la réconforta sans qu'elle sut pourquoi elle en avait besoin.

Dane était sorti. Maurice se retira de bonne heure, et Meredith téléphona à Sarah King pour annuler le rendez-vous du lendemain. Décidée à faire du raccommodage, elle alla s'installer sur la véranda.

La nuit magique la troublait. Après s'être piqué les doigts plusieurs fois, elle lança l'ouvrage dans le panier et se dirigea doucement vers le jardin. Elle respirait profondément les parfums apportés par une légère brise nocturne. La douceur entêtante des frangipaniers l'emplissait d'une langueur nouvelle.

Des bruissements dans les arbres, des frôlements sur le sol, prouvaient à Meredith qu'elle n'était pas seule à ressentir cette attirance.

Après avoir fait lentement un tour, Meredith retourna en soupirant à l'intérieur. Ce cadre enchanteur l'avait emplie de désirs romantiques. L'affolement de son pouls provoquait un émoi pressant, effrayant d'intensité.

C'est l'enchantement des Tropiques, se disait-elle. Un effet de la douceur de l'air, de la végétation exubérante... Par une telle nuit, on pouvait perdre la tête sans penser aux conséquences.

Etait-ce ce qui était arrivé à sa mère ?

— Meredith s'installa dans un hamac suspendu entre deux arbres. Elle s'étendit de façon à voir les étoiles.

Dinah était-elle tombée passionnément amoureuse ? Avait-elle vraiment aimé Barry Colfax, cet homme intelligent mais instable ? Ou était-ce l'effet de trop de nuits tropicales sur une jeune fille solitaire, incapable de résister à l'appel de l'aventure ? Comme j'en sais peu sur mes parents, songea Meredith avec un nouveau soupir.

Une voiture remontait l'allée. Le faisceau des phares trouait l'obscurité argentée de la nuit. Le moteur fut coupé, une porte claqua. Dane. En écarquillant les yeux, Meredith parvint à lire l'heure à sa montre. Il était presque minuit ! Elle avait assez rêvé. Pourtant, elle décida de rester encore un peu dehors, pour laisser à Dane le temps de se coucher. Après une soirée en compagnie de la charmante Miss Moore, il devait être plus critique que jamais, et Meredith ne voulait pas être provoquée une nouvelle fois.

D'un léger mouvement des jambes, elle fit se balancer le hamac. Seul un infime craquement, à peine discernable parmi les frôlements des créatures nocturnes, révélait sa présence.

— On fait les yeux doux à la lune ? Pauvre petite Meredith, seule et orpheline !

— Allez au diable ! s'écria-t-elle, troublée par la voix de Dane. Où êtes-vous ?

Une forme sombre se détacha du tronc de l'arbre. Dans l'obscurité, le visage de Dane était indéchiffrable.

— J'ai cru que vous m'attendiez. Vous avez commencé à vous balancer à l'instant où j'arrivais.

— Quelle vanité ! railla-t-elle. Vous savez très bien que je ne vous avais pas vu.

Les dents blanches étincelèrent dans un sourire.

— Comment m'en douter ? J'ai pris cela pour une invitation, et je n'ai pas voulu vous décevoir. Levez-vous.

— Non. Vous oubliez l'avertissement que vous m'avez donné récemment. Vous êtes l'homme le plus arrogant que j'ai jamais rencontré ! N'approchez pas !

— Que pouvez-vous faire pour m'en empêcher ?

Meredith se redressa d'un mouvement souple. Aussi rapide qu'un faucon fondant sur sa proie, il la saisit par les poignets.

— Je veux vous parler. Restez-vous de votre plein gré, ou dois-je vous y forcer ?

— Vous me faites mal, souffla-t-elle.

— Cela me plaît. Alors ?

— Je reste, espèce de… sadique !

— Vous me faites toujours paraître sous mon plus mauvais jour, protesta-t-il avant de la relâcher comme s'il se brûlait à son contact.

Les sensations particulières que Meredith éprouvait lorsqu'il la dominait avaient disparu sous la douleur et la colère.

— Eh bien, qu'aviez-vous à me dire ?

— Je conçois que les femmes comme vous soient irritées par la présence de celles qu'elles considèrent comme des rivales, mais je vous ai déjà prévenu que je n'accepterais aucune insolence de votre part envers Ginny. Vous la traiterez avec tout le respect qu'elle est en droit d'attendre.

— Selon quel point de vue ? Le sien, ou le mien ?

— Meredith, menaça-t-il doucement, ne vous rendez pas la vie impossible. Vous n'êtes pas idiote.

— Je suis arrivée ici avec une personnalité indépendante, ce qui est un handicap immense. Grand-père et vous auriez préféré une simple d'esprit docile, mais je ne vais pas prétendre être ce que je ne suis pas ! Si votre fiancée veut me voir filer doux devant elle, elle devra attendre longtemps ! Je ne suis pas délibérément insolente. Mais si l'on m'attaque, je réagis !

— Cela me paraît raisonnable, convint-il avec la même douceur trompeuse. Mais pourquoi montrer aussi clairement que vous la détestez ?

— Pourriez-vous me répéter l'histoire qu'elle vous a racontée ? Après tout, je ne peux pas me défendre si je ne sais pas de quoi l'on m'accuse.

— Ginny ne m'a raconté aucune histoire.

Meredith eut un rire sans joie.

— Alors, vous êtes devin et je n'ai pas à vous faire connaître les raisons de ma conduite. Vous les découvrirez tout seul.

Qu'il reste là, à penser ce qu'il voulait ! Après tout, Meredith se souciait peu de lui et de son intelligente future épouse. Plus vite il se rendrait compte qu'elle refusait de se justifier, mieux ce serait, pensa Meredith en se levant d'un bond.

Mais il réagit plus vite encore. Avant qu'elle ait pu faire un pas, une main implacable s'abattit sur son épaule. Meredith essaya de se libérer, mais Dane la tira vers lui en lui tordant le poignet.

Une douleur fulgurante traversa son bras et son épaule. Meredith se mordit la lèvre pour ne pas hurler. Finalement, elle baissa la tête.

— Vous avez l'air très fragile, très innocente avec la nuque baissée, lança-t-il avec mépris. Mais je sais à quoi m'en tenir. Maintenant, écoutez-moi. Votre seul espoir de recevoir une partie de la fortune de Maurice est de rester ici, de vous conduire en personne raisonnable. Vous devez vous en rendre compte. Maurice est prêt à vous accorder votre part, ce qui représente une belle somme, croyez-moi. Si vous partez, vous pouvez dire adieu à votre héritage. Vous m'écoutez, Meredith ?

— Oui, souffla-t-elle.

Il avait desserré son étreinte et ne lui faisait plus mal,

mais elle ne pouvait toujours pas se libérer. Meredith avait l'estomac curieusement noué. Elle avait besoin de toute sa volonté pour ne pas trembler comme un animal pris au piège.

— Je vous écoute, répéta-t-elle. Mais je suis déroutée. Nous parlions de l'élégante Miss Moore. Comment en sommes-nous arrivés à cette sordide question d'argent ?

— Espèce de petite garce ! jeta-t-il, agacé. Conduisez-vous en personne sensée, et vous obtiendrez enfin ce que, sans aucun doute, vous estimez vous revenir de droit. Dans le cas contraire, je me débarrasse de vous.

— De quelle façon ?

— Ne soyez pas sotte, Meredith. J'ai cette possibilité et je n'hésiterai pas à m'en servir. Oh, sans Mark, bien sûr. Il est à vous et vous l'aimez, je sais, mais il mérite mieux qu'une enfance liée à une opportuniste de mauvais caractère, ne possédant aucune morale.

Meredith aurait peut-être pu se contenir si Dane ne l'avait pas menacée de perdre Mark. Elle était pâle de rage.

— Avez-vous terminé ? gronda-t-elle.

— Oui, j'ai terminé.

— Bien. Vous allez écouter certaines vérités, vous aussi. Je ne demande rien à mon grand-père, sauf un toit. Je ne crois pas que vous puissiez me séparer de Mark. Je serai aussi polie envers Miss Moore qu'elle envers moi, mais j'ai horreur d'être traitée avec condescendance. Enfin, la prochaine fois que vous passerez la soirée avec elle, trouvez quelqu'un d'autre sur qui soulager votre mauvaise humeur. Je ne suis pas venue pour être votre souffre-douleur !

— Vous parlez par clichés usés. Pour vous, séduire un homme doit être l'aboutissement inévitable de toutes vos soirées, n'est-ce pas Meredith ?

Elle regrettait les paroles impardonnables qu'elle venait de prononcer et se raidit imperceptiblement.

— Vous ne dites rien ? railla-t-il. Ayez l'air un peu plus heureuse. C'est ce que vous désiriez, non ?

— Non, Dane... Laissez-moi ? Je...

— Taisez-vous, ordonna-t-il avant de baisser la tête pour l'embrasser.

5

Il l'embrassait tendrement, sans colère, et appréciait la douceur de ses lèvres sous les siennes. Horrifiée, Meredith sentit un millier de sensations inconnues l'envahir au contact de ce corps contre le sien. Elle avait l'impression d'avoir, toute la soirée, désiré ce ravissement de ses sens.

Pendant un long moment, elle se laissa aller contre lui. Le trouble qu'elle ressentait lui faisait oublier l'insulte qui avait précédé ce baiser. Cependant, lorsque la main de Dane glissa sur sa gorge et caressa la douceur de ses épaules, elle frissonna et rejeta la tête en arrière.

Aussitôt, Dane lui tira cruellement les cheveux, amenant des larmes de douleur dans ses yeux.

— Dane ! Pour l'amour du ciel, lâchez-moi !

— Oh non, dit-il à voix basse. Vous allez apprendre à mesurer vos paroles, petite cousine.

Il souriait, mais son regard restait froid. Aucun autre baiser n'avait ainsi embrasé Meredith.

Ce devait être à cause de la nuit... La jeune fille réprima le désir de se laisser aller. Comme il était difficile de se rappeler que cet homme était son ennemi juré !

— Comment pouvez-vous savoir que je ne parlerai pas de ce baiser à Miss Moore ? Sans être particulièrement passionnée, elle m'a donné l'impression que vous lui apparteniez.

— Vraiment ? demanda-t-il, amusé.

— Pourquoi pas ? Vous risquez d'avoir quelques discussions pour vous justifier. Sauf si elle vous épouse pour votre argent, sans se soucier de la façon dont vous vous distrayez.

— Vous avez vraiment l'esprit étroit ! Il est désolant de penser que nous sommes parents, même de très loin.

Comme pour se venger de ses insultes, il reprit sa bouche, la forçant à s'ouvrir pour recevoir un baiser violent. Meredith était à la fois choquée et excitée par cette sensualité troublante. Sous le léger tissu, il se mit à caresser ses épaules d'une main experte. Meredith s'enflamma jusqu'à l'abandon, submergée par une vague de désir. Elle désirait plus que tout sentir encore le contact de ses doigts sur sa peau. Dane lui faisait tourner la tête. Ces baisers, ces caresses, lui faisaient entrevoir un monde nouveau pour elle.

Mais, peut-être à cause de son côté Fowler, elle sentait qu'il l'embrassait pour la punir. Quand il releva la tête, elle mit ses poings sur son torse et le repoussa de toutes ses forces.

Elle se détourna, chancelante, mince silhouette argentée par la lune. Ses lèvres étaient meurtries, ses yeux avaient une expression traquée. Sa poitrine était secouée convulsivement par des sanglots qu'elle contenait à grand-peine. Meredith luttait pour retrouver son sang-froid.

Dane, lui aussi, semblait troublé et la regardait avec un curieux sourire. Meredith frissonna.

— Si jamais vous me touchez à nouveau, menaça-t-elle après un silence tendu, je vous séduirai avant d'aller raconter le moindre détail à cette garce qu'est votre chère fiancée !

Au moment où elle les prononçait, elle se rendit compte de la signification de ses paroles. Comment pouvait-elle se montrer aussi vulgaire ! Elle devint écarlate mais refusa de retirer ces mots.

— Si vous y parvenez, je vous garderai. Je vous épouserai et vous materai, petite sorcière.

Meredith sentit ses cheveux se hérisser.

— L'enfer ! Je préférerais l'enfer plutôt que d'être votre épouse. Je n'imagine pas pire purgatoire. Vous ne pouvez me forcer à rien !

— Il y a Mark. Vous avez du courage, mais vous ne réfléchissez pas. Un seul faux pas, petite cousine, et vous perdrez tout : Mark, l'argent, le prestige d'être la petite-fille de Maurice, cette maison... Tout !

Il parlait calmement, mais il n'y avait pas à se tromper sur la menace. D'une main, il l'attrapa par le menton et lui fit tourner la tête. Les rayons argentés de la lune éclairaient le petit visage délicat de Meredith, soulignant les hautes pommettes et les sourcils arqués.

— Vous êtes très belle et vous le savez, Meredith. Pourquoi lutter ? Vous devriez pouvoir accepter sans trop de difficultés les limites de votre rôle. La récompense en vaudra la peine. Avec Maurice derrière vous, vous pouvez espérer la richesse et un avenir pour Mark. Trop d'entêtement, et vous perdrez le tout.

— Je veux ce qu'il y a de mieux pour Mark, mais ma conception du mieux diffère de celle de Maurice. Et vous êtes de son côté.

— Je ne suis du côté de personne. Rentrons, vous avez froid.

Ce n'était pas la fraîcheur de l'air qui faisait frissonner Meredith. Cette attaque lui avait fait découvrir un monde nouveau, un monde où les valeurs et les principes enseignés par sa mère avaient disparu, submergés par une sensualité brutale, primitive. Lorsque la main de Dane avait caressé sensuellement ses épaules, elle avait senti le désir la transpercer comme une flèche.

— Pensez-y, Meredith, reprit Dane. Votre seul espoir de jouer un rôle dans la vie de Mark, c'est de réprimer vos impulsions et de vous conduire comme la personne que Maurice aimerait voir en vous. Sinon, il vous renverra.

— Je n'en doute pas, mais je ne vais pas me transformer en pantin pour lui plaire. Quant à Mark...

eh bien, nous verrons. Vos menaces ne me font pas peur !

— On dirait une enfant défiant son père, ironisa Dane. Allez vous coucher, Meredith. Et soyez polie avec Ginny, demain.

— Ou je subirai une nouvelle punition, sans doute.

— Etait-ce une punition ? J'avais pourtant la conviction que cela vous plaisait autant qu'à moi.

— Seigneur ! Vous êtes-vous toujours considéré comme un séducteur recherché par les femmes, ou cela vous arrive-t-il seulement depuis que Maurice a fait de vous son héritier ?

— Meredith, dit-il très doucement, au lit. Maintenant, et sans un mot de plus.

Elle s'enfuit.

Après cela, il y eut une période de paix relative. Meredith avait acheté des vêtements avec Ginny qui s'était abstenue de faire des commentaires désagréables.

Maurice semblait décidé à présenter sa petite-fille à tout le monde. C'était une succession de dîners, de thés, de visites au Club. Posséder une garde-robe qui la mette en valeur donnait à Meredith une assurance qui lui aurait manqué.

Grâce aux King, Meredith fit connaissance de gens de son âge. Mark avait lui aussi trouvé des amis et lorsque la jeune fille le conduisait au Club, il s'amusait joyeusement avec un groupe d'enfants.

Lentement, insensiblement, Meredith se détendait. Les cernes sombres qui ombraient ses yeux avaient disparu, et elle riait plus spontanément. Son caractère s'améliorait.

Le long de la côte, c'était la récolte de cannes à sucre. Des trains miniatures transportaient les plants bruns et poussiéreux vers l'énorme moulin de Lautoka. De petits nuages de fumée le jour, des flammes la nuit, signalaient les champs que l'on brûlait.

— Les cannes poussent deux ans de suite sur le

même terrain, puis elles sont remplacées par d'autres cultures, lui expliqua un jour Maurice. Comme le coton, la canne à sucre épuise le sol.

— Possédez-vous des plantations sucrières?

— Pas ici. Mais nous en avons une à Vanua Levu, l'île du Nord.

Meredith hocha la tête. De l'endroit où ils se trouvaient, à l'ombre dense et fraîche d'un immense banian, elle apercevait quelques-unes des îles qui composaient le petit pays. Elle distinguait Hibiscus Island au loin, et revivait la soirée au cours de laquelle elle avait vu Dane pour la première fois.

— Pourquoi vivez-vous ici? demanda-t-elle brusquement pour chasser ce souvenir. Je pensais que l'Australie ou la Nouvelle-Zélande auraient été plus pratiques.

Le sourire de Maurice fut presque dédaigneux.

— Mon arrière-grand-père est arrivé ici à l'époque où les indigènes étaient les cannibales les plus redoutés des Mers du Sud. Devenu commerçant, il est allé à Tahiti, en Nouvelle-Zélande, et même en Californie. Il a enlevé et épousé une riche Espagnole des Philippines. Mon grand-père prétendait qu'ils se battaient comme des chats sauvages et s'aimaient comme des démons... Je vis ici parce que je suis fidjien, conclut-il.

Et fier de l'être, visiblement. Meredith était rêveuse. Elle trouvait tragique que sa mère se soit sentie obligée de se couper complètement de sa famille, privant par-là ses enfants de connaître leur histoire.

A ses pieds s'étendait Lautoka, blottie derrière son port. Au-delà, derrière des plages immenses et magnifiques se dressaient les montagnes, grandes falaises pourpres surgies des profondeurs de la terre.

Ravie par tant de beauté, Meredith enlaça spontanément le tronc d'un arbre et y posa sa joue.

— Je ne voudrais jamais partir d'ici, souffla-t-elle. C'est presque le paradis.

Comme au paradis, pourtant, il y avait des choses imparfaites, ce cher cousin Dane, par exemple. Elle ne le voyait plus beaucoup. Il sortait souvent avec Ginny le soir, et prenait son petit déjeuner à des heures très matinales, bien avant que Mark et elle ne paraissent. Le reste du temps, il se conduisait vis-à-vis de Meredith avec une impeccable courtoisie qu'elle aurait pu croire sincère, n'eût été la froide ironie de son regard.

Les jours se succédaient. Le paysage devenait plus sec sous le soleil cuisant, mais les soirées restaient fraîches. Meredith avait acheté un appareil photo.

— Vous avez le don de choisir vos modèles, remarqua Dane en observant les derniers tirages.

Meredith en ressentit un plaisir absurde.

— Je dessinais et je peignais, répondit-elle, mais je n'arrivais jamais à rendre l'effet désiré et cela m'ennuyait beaucoup.

— Si vous voulez apprendre à développer, prévenez-moi, intervint Maurice. J'ai un ami photographe à Suva.

— Plus tard, merci. Pour le moment, j'ai assez à faire avec la maison. Tafau était un excellent professeur, mais veiller à tout est un travail énorme !

— Trop lourd ?

L'expression des deux hommes était à la fois cynique et méprisante.

— Non, répliqua-t-elle vivement. Vous avez tous deux une opinion bien peu flatteuse de mes capacités !

Maurice sourit et lança un coup d'œil à Dane.

— On dirait que cet endroit vous convient. A votre arrivée, vous ressembliez à un fantôme maigre et pâle.

— Et de mon apparence ! se plaignit-elle avant d'éclater de rire.

Les deux hommes sourirent. Sous sa détestable moquerie, Dane était terriblement séduisant. S'efforçant de maîtriser le frisson qui la parcourait, Meredith rassembla ses photos et les quitta.

De retour dans sa chambre, elle eut un demi-sourire en entendant Mark et Renadi jouer dans le jardin. Ils s'entendaient bien. Au début, Meredith s'en était inquiétée. Renadi semblait beaucoup trop jeune pour s'occuper d'un enfant. Mais elle prenait son devoir au sérieux et pouvait, au besoin, faire preuve d'autorité. De même, la légère jalousie ressentie devant l'attachement de Mark pour sa nurse s'estompait ; au moment de se coucher, c'était à sa sœur que Mark réclamait une histoire.

S'occuper de la maison était une lourde tâche, mais le personnel connaissait son travail et aidait Meredith avec une telle gentillesse qu'elle en était confuse. Même Joe, le terrible chef, était aussi doux qu'un agneau. Il avait adopté Mark, au point de le laisser jouer dans son domaine. L'enfant avait trouvé la bonne méthode : il faisait irruption dans la cuisine et embrassait sans distinction tous ceux qui s'y trouvaient, avant de faire connaître ses désirs. Cela marchait toujours. Heureux Mark !

Il avait même fait la conquête de son grand-père. L'épisode de l'arbre y était sans doute pour beaucoup. A peu de distance de la piscine se trouvait un arbre à pain au tronc fourchu, idéal pour y grimper. Un jour, sous le regard vigilant de sa sœur, Mark en avait commencé l'ascension, avec précaution.

Enfin, il avait poussé un cri de victoire mais, relâchant son étreinte, il était tombé sur l'herbe épaisse. Il avait pleuré, bien sûr, mais s'était calmé très vite.

— Ce n'est pas grave, le rassura Meredith. Tu es monté très haut, mon chéri.

Elle s'attendait à ce qu'il abandonne, mais se trompait. Avec un regard étincelant de défi, il recommença et ordonna à Meredith, restée au pied, de s'éloigner. Maurice observait son petit-fils en souriant.

Cette fois, il ne tomba pas et tous le félicitèrent chaudement.

Lorsqu'elle rejoignit la salle à manger, ce soir-là, Maurice relatait l'incident à Dane et souriait avec amusement.

— Quel arrogant petit homme ! s'exclamait-il avec fierté. Il a ordonné à Meredith de partir, et a insisté pour redescendre tout seul ! Cela m'a fait penser à toi, enfant.

— Je ne me souviens pas avoir été ainsi, grimaça Dane. Très diable, peut-être, mais sûrement pas arrogant.

— C'est sans doute venu avec l'âge, observa Meredith.

— Si je le suis devenu, c'est parce que j'ai eu un modèle...

— Oh! soupira Meredith. Que c'est mal de votre part de blâmer Maurice! Tout le monde sait qu'il est aussi doux qu'un agneau...

Un instant, elle crut être allée trop loin. Mais sous leur terrible apparence, les deux hommes avaient le sens de l'humour et Maurice éclata de rire.

— Que Dieu me vienne en aide! Je m'adoucis avec l'âge!

— Qu'il nous vienne en aide à tous, renchérit Dane en levant son verre. Vous avez terrorisé le Pacifique toute votre vie, j'espère que vous le ferez encore longtemps.

— Joli toast! railla Maurice sans pouvoir cacher sa fierté. Savez-vous pourquoi j'ai choisi Dane?

Etonnée, Meredith secoua la tête.

— Parce qu'il est le seul à pouvoir me tenir tête. Le monde est plein d'hommes complaisants et avides, mais sans idées valables. Dane est prêt à se battre pour obtenir ce qu'il désire.

— C'est... noble! souffla Meredith.

Inconsciemment, la jeune fille porta un doigt à ses lèvres et Dane la regarda. L'éclat des lampes soulignait ses traits aquilins. Puis il se tourna vers Maurice et se mit à parler affaires avec lui.

La soirée se déroula dans une atmosphère détendue. Meredith était presque arrivée à oublier le souvenir des baisers de Dane et la façon dont elle avait aveuglément répondu à sa passion. Mais, honteuse, elle reconnaissait qu'elle n'aimerait rien tant que revivre une telle expérience.

La partie raisonnable de sa conscience lui soufflait qu'elle avait seulement répondu au magnétisme physique de son cousin. Le véritable Dane, celui qui se cachait derrière l'homme sensuel, était dur, impitoyable, sans aucune tendresse. Il serait sans doute terrible de l'avoir comme mari. On ne pouvait ressentir de l'amour pour lui.

Cette pensée tranquillisante ne parvenait pourtant pas à empêcher le cœur de Meredith de battre follement lorsqu'elle se trouvait dans la même pièce que Dane.

6

Le Club était situé dans un élégant immeuble de pierres, entouré de terrains plantés de banians et de cytises. Il y régnait une atmosphère agréable et détendue. Dans la matinée, l'endroit ressemblait à une école maternelle. De petits enfants jouaient et nageaient, surveillés par leurs mères qui bavardaient à l'ombre des manguiers. Les après-midi et les soirées étaient réservées aux adultes.

Ce soir-là, pour fêter l'anniversaire de la fondation du Club, il y avait un bal auquel même Maurice assistait. Dane accompagnait Ginny, qui avait dîné à la maison avec sa mère et son cavalier, M. Sanders. Peter, également convié, escortait Meredith.

— Venez dans ma voiture, leur proposa Maurice. Vous pourrez reprendre la vôtre après le bal : Joseph me raccompagnera, mais il retournera chercher Meredith.

— Merci beaucoup, monsieur. Peter essayait vainement de paraître enchanté.

Meredith baissa les paupières. Peter était vraiment très jeune. Comparé à Dane, il avait l'air d'un adolescent.

En se détournant, elle s'aperçut que Ginny la dévisageait d'un air glacial. Un soudain sentiment de haine lui fit relever le menton : Maurice avait insisté pour qu'elle soit l'hôtesse, et elle n'allait pas laisser Ginny lui donner le sentiment d'être une intruse, simplement parce qu'elle-même aimait jouer ce rôle.

« Au moins, elle ne pourrait pas critiquer ma tenue », songea-t-elle avec satisfaction. La somptuosité de la toilette en crêpe de Chine bleu nuit rehaussait délicatement la couleur de sa peau et sa chevelure. Avant l'arrivée des invités, Maurice lui avait donné un pendentif, un saphir serti de diamants, qui était du plus superbe effet sur sa tenue bleue elle aussi.

— Il appartenait à ma femme. Faites attention à ne pas le perdre, avait-il dit d'un ton bourru.

Mûe par une impulsion soudaine, Meredith s'était penchée pour l'embrasser sur la joue, avant de s'enfuir sans attendre sa réaction. Bien qu'il la crût la mère de Mark, Maurice donnait l'impression d'apprendre à aimer sa petite-fille, et elle en était heureuse car elle avait beaucoup d'affection pour lui.

Lorsqu'ils arrivèrent au Club, Meredith eut un choc : les pièces avaient été transformées en clairières forestières. Les plafonds étaient recouverts par un dais de branchages, et sur les murs grimpaient des orchidées, des fougères, des bougainvillées. Il y avait même une petite cascade jaillissant sur les pierres moussues d'un petit bassin. Et partout, entêtante, régnait l'odeur des gardénias et des frangipaniers.

— C'est merveilleux ! s'écria Meredith, abasourdie.

— Ils ont un excellent comité, mais j'ai bien peur qu'ils manquent d'imagination, commenta Maurice avec un sourire acide. Cela fait cinq ans qu'ils utilisent la même décoration !... Venez faire la connaissance du président.

Meredith ne fut pas surprise de la présence de Dane dans le comité d'accueil, mais elle chercha en vain à apercevoir Ginny. Ainsi, leurs noms n'étaient pas toujours indissociablement liés ! Cela ne peut plus durer, pensa Meredith, je dois cesser de penser à cette femme !

Sa décision prise, elle adressa un sourire radieux à

Dane, ce qui lui valut en retour un coup d'œil amusé. Elle accompagna Maurice jusqu'à un groupe de vieux amis qui bavardaient, verre en main.

Elle en connaissait quelques-uns, venus dîner à la maison. Ceux qui lui étaient inconnus furent présentés par Maurice. Ils la saluèrent tous avec courtoisie et lui témoignèrent un profond intérêt.

Gentiment mais fermement, Maurice éloigna Peter. Il lui promit de lui rendre sa cavalière au moment du bal, et poursuivit les présentations. Au bout de dix minutes, personne ne pouvait ignorer qu'elle était une Fowler, en droit d'attendre leur respect. L'un des vieux amis de Maurice la présenta à son fils, jeune homme élégant et raffiné.

Partiellement raffiné, cependant. En effet, lorsque Dane les rejoignit, il fut aisé de voir qui était le modèle du jeune homme! Tout en le détestant intensément, Meredith devait reconnaître que son lointain cousin éclipsait tous les autres hommes de l'assistance, les faisant paraître ternes, insipides.

— N'ayez pas l'air aussi songeuse, lui souffla-t-il à l'oreille. Vous allez bouleverser tous vos admirateurs vieillissants.

Stimulée par son ton moqueur, elle lui adressa un nouveau sourire éblouissant. Il était facile de briller dans un tel cadre et, bientôt, ses compagnons avaient abandonné leur ton protecteur et s'adressaient à elle comme à une égale.

— Dane, emmène Meredith et laisse-la aux mains de son partenaire, veux-tu? demanda Maurice. Elle n'a sûrement pas envie de tenir compagnie toute la nuit à de vieilles personnes.

La jeune fille se laissa escorter jusqu'à la salle de bal. En dépit de ses sentiments envers Dane, elle se sentait fière d'être accompagnée de l'homme le plus séduisant de l'assemblée.

— Où est le jeune King? s'enquit Dane.
— Là-bas, avec sa famille. Près de la cascade.
— Nous allons le prendre au passage.

— Au passage ?

— Oui, sourit-il, moqueur. Vous soupez avec moi ce soir, douce cousine.

— Ne m'appelez pas ainsi ! répliqua-t-elle, rougissante.

— Mais vous êtes douce, aussi douce que du miel. Tous les amis de Maurice ont été charmés.

Il rit doucement de son air ulcéré, et toucha sa joue. Sa main s'attarda sur la peau douce.

— Et vous êtes ma cousine, non ?

— Il vaut mieux s'en souvenir, sans doute.

— Oh, je ne l'oublie pas, répondit-il en la prenant par le coude. Quelle chance que le degré de parenté soit aussi éloigné, n'est-ce pas ?

Meredith ne trouva rien à répondre. Elle lui pardonnait difficilement son envie de la courtiser. Dane la détestait trop pour se livrer à un badinage léger. Comme si elle ne pouvait comprendre, il lui adressa un sourire énigmatique.

La jeune fille fut profondément troublée et agitée. Le regard haineux que lui lança Ginny Moore aurait dû entamer sa gaieté. Il était clair que la jeune femme n'appréciait pas du tout son arrivée avec Dane, même s'ils étaient accompagnés de Peter King.

— Les formalités sont terminées ? M. Sanders nous disait que vous seriez élu président l'an prochain, puisque le vieux Rolly Hargreaves prend sa retraite.

— Peut-être, répondit-il avant de détourner la conversation.

Ginny lui donna la réplique. Elle se montrait gracieuse envers Peter, et accueillit l'arrivée de Maurice avec une déférence charmante.

Meredith s'amusait. Personne ne pouvait se douter qu'elle aurait préféré rester avec les King, à part Dane. C'était un incessant va et vient entre les tables ; des couples venaient présenter leurs hommages à Maurice et à Dane, et restaient pour être présentés. Les noms se mélangeaient dans la tête de Meredith, remplacés par d'autres, et d'autres encore. Elle était convaincue d'avoir vu toutes les personnalités de cette partie de l'île.

Il était enivrant de tourbillonner sur la piste de danse, faiblement éclairée ; étourdissant d'entendre les rires et les bavardages, de savoir que tout le monde s'amusait autant qu'elle. Détendue, Meredith s'était parée d'une beauté mystérieuse. Le bleu profond de sa robe soulignait la fragilité de son corps mince et souple, et approfondissait la couleur de ses yeux étincelants dans son visage hâlé par le soleil.

Lorsque Dane la conduisit sur la piste de danse, l'excitation de Meredith atteignit son comble. Dane fronça les sourcils devant son expression fascinée.

— Que devient Ginny ? demanda-t-elle.

— Elle danse avec Sanders. Sa mère parle à Maurice. Le jeune King est allé inviter quelqu'un à la table de ses parents. Vous n'avez donc pas à vous inquiéter pour eux.

— Mais vous n'aviez pas besoin de m'inviter.

— Et on aurait pensé que nous ne nous entendons pas ? Un peu de bon sens, Meredith !

Ainsi, il l'avait fait uniquement pour cela ! Inexplicablement, le cœur de la jeune fille se serra.

— Vous êtes très prudent ! railla-t-elle.

— Plus que vous, enfant exaspérante !

— Qu'ai-je encore fait ? s'enquit-elle d'un air effronté. Je me conduis de mon mieux.

— Vraiment ? Alors, il est aussi bien que je veille sur vous. Le jeune King est prêt à perdre la tête, et vous avez délibérément ébloui toutes les personnes présentes.

— Sauf vous, rétorqua-t-elle, le cœur glacé.

— Mais je ne compte pas.

— Je ne sais pas..., murmura-t-elle, provocante. Vous représentez une véritable tentation pour une femme et je serais ravie si je parvenais à vous avoir à ma merci.

— A mon avis, ce serait plutôt le contraire, ma chère. Souvenez-vous de la seule fois où je vous ai prise dans mes bras. D'un seul baiser, je vous ai fait **tourner** la tête. Si nous allions plus loin, vous regretteriez d'être venue aux Fidji. Je ne suis pas un adolescent maladroit.

Cette allusion au père supposé de Mark la mit hors d'elle.

— Comment osez-vous ! souffla-t-elle.

— Je n'ose rien du tout, fit-il calmement. Ne me provoquez pas.

— Je vous hais !

— C'est possible. Mais en même temps, je vous attire. Heureusement, je ne m'intéresse pas aux adolescentes puériles. Détendez-vous ! J'ai horreur de danser avec une personne raide.

— Comment pourrais-je me détendre ? s'écria-t-elle.

Elle était consternée qu'il ait découvert son secret, et humiliée par sa brusquerie. Si elle n'avait pas déclaré être la mère de Mark, il aurait peut-être été plus gentil avec elle. Mais le bien-être de son petit frère était plus important que tout, et elle ne regrettait pas son mensonge. Il l'attirait, oui, mais elle ne tomberait pas amoureuse de lui.

— Inspirer profondément est une excellente méthode, paraît-il. Vous devriez essayer.

Elle trouva cette idée loufoque et se mit à rire.

— C'est mieux, l'encouragea-t-il... Vous avez la taille fine !

— Pardon ?

— Vous avez bien entendu. Une taille mince, une poitrine aux courbes délicates...

— A... A quoi diable jouez-vous ? haleta-t-elle, rouge de confusion.

— Et vous rougissez si facilement ! Très jeune et innocente. Pas du tout l'aventurière et l'opportuniste que vous prétendez être.

— J'ai à peine dix-neuf ans ! fit-elle remarquer d'une voix acerbe. Ne me dites pas que vous pouvez distinguer, au premier coup d'œil une vraie jeune fille !

— Difficilement. Mais vous devez reconnaître que la **maternité** n'a eu aucun effet sur vous. Je vous ai vue en bikini. Rien ne laisse deviner que vous avez eu un enfant.

— Que sous-entendez-vous, Dane ?

— Rien, répondit-il, les yeux toujours fixés sur son visage. Vous sentez-vous bien ? Vous êtes bien pâle.

— Ce n'est pas surprenant. Vous ne cessez de m'insulter ! Où vouliez-vous en venir ?

— Je ne faisais qu'admirer. Mais je vais vous donner un conseil, toutefois.

Durant le bref silence qui suivit, elle le fixa avec un regard morne.

— Soyez raisonnable, reprit-il. Ne vivez pas dans l'ombre de Peter King. Il est amoureux de vous, mais Maurice serait furieux à la pensée d'un mariage.

— Peter est un ami cher.

— Bien sûr. Mais il ne serait pas un mari convenable.

— Tout mari devra accepter Mark. Cela réduit les possibilités.

— Oui, peut-être. Mais la fortune que vous laissera Maurice facilitera bien des choses.

— Vous voulez dire qu'on m'épouserait pour mon argent ?

— Non, pas seulement. Vous êtes une beauté pourvue de nombreux charmes, même si vous en usez plutôt... généreusement.

Il était vain d'essayer d'avoir le dernier mot, bien que croiser le fer avec Dane ait un effet positif sur son caractère.

— Vous êtes impossible ! capitula-t-elle.

— Ce doit être de famille. J'imagine que Maurice se l'est souvent entendu dire, et je ne doute pas que vous le soyez aussi.

— Cela ne ressemble guère à un compliment.

— Ce n'en est pas un.

Cachant sa désillusion sous une explosion de colère, elle éclata.

— J'imagine que, pour vous, les femmes doivent

être humbles et dociles, heureuses de rester à la maison, et de servir leur mari !

— Supposez ce que vous voulez. L'opinion que vous avez de moi ne m'intéresse pas.

— C'est réciproque ! répliqua-t-elle, furieuse.

— Mais non, protesta-t-il en riant. Vous aimeriez me voir à votre merci, pour avoir le plaisir de me dominer. C'est bien, restez dans vos rêves puérils. Mais n'espérez pas que la vie leur ressemble. Je vous trouve amusante, mais je suis trop prudent pour me laisser prendre au piège de votre beauté.

— Je vous trouve charmant, vous aussi.

Il fallut un effort surhumain à Meredith pour conserver son sang-froid. Elle parvint à sourire à Peter qui dansait avec l'une de ses amies, et à Ginny Moore. Pour rien au monde elle ne révélerait à cette femme combien elle était blessée.

A la fin de la danse, la jeune fille retourna s'asseoir. Les hommes s'éloignèrent pour discuter pendant une pause. Ginny se pencha vers Meredith.

— Vous avez l'air un peu énervée, ma chère. Vous êtes-vous encore querellée avec Dane ?

— Non, pas du tout. Nous avons eu une petite explication, c'est tout.

— Ne croyez-vous pas que vous êtes un peu idiote de l'ennuyer ? demanda Ginny en haussant les sourcils. Il peut vous rendre la vie impossible. Vous vous rendez sûrement compte de la situation : maintenant qu'il contrôle l'entreprise Fowler, c'est à lui de voir si vous avez droit à la succession, ou non.

— Quelle succession ?

Meredith était délibérément obtuse.

— Mais... celle de Maurice, bien entendu.

— Maurice est encore bien vivant.

— C'est un vieil homme, Meredith. Il a plus de quatre-vingts ans. Il a tout confié à Dane depuis quelques années, lorsqu'il a senti ses forces diminuer. C'est très raisonnable de sa part.

Meredith ne savait rien des intérêts de son grand-père dans l'entreprise, mais elle commençait à connaître le vieil homme. S'il avait senti ses forces diminuer, il n'en avait sûrement rien laissé voir. D'autre part, Dane avait dit très clairement que Maurice s'apprêtait à laisser suffisamment d'argent à Meredith, et que Mark et elle seraient riches pendant toute leur vie. Elle préférait croire Dane, cruel mais honnête, plutôt que Ginny Moore. Son antipathie pour cette femme ne cessait de croître.

— Très raisonnable, en effet, approuva-t-elle.

— Vous n'avez donc aucun intérêt à vous disputer avec votre cousin, non ?

— Ah ? Je pense que ça lui fait du bien, pas vous ? répliqua-t-elle d'un ton léger. Il a l'air aussi figé qu'un vieillard, alors qu'il n'a pas encore trente ans !

Un démon malicieux la poussa à ajouter :

— Considérez cela comme mon cadeau de mariage. S'il continue ainsi, il deviendra vite tyrannique.

Les lèvres serrées Ginny, défigurée par la colère, se pencha vers elle et siffla :

— Laissez-le, espèce d'insolente petite... petite effrontée ! termina-t-elle après une hésitation. Il vous trouve ennuyeuse. Les efforts que vous faites pour attirer son attention l'irritent.

Avec un effort visible, et probablement pour obéir au regard que lui lança sa mère, Ginny parvint à se maîtriser et à reprendre le rôle de la femme la plus gracieuse du monde.

— J'espérais pouvoir empêcher ce conseil de dégénérer en insulte, fit-elle après un silence. Mais je constate que vous ne savez pas vous conduire. Cela aussi irrite Dane. Cependant, ce ne serait guère important si vous vous dispensiez de ces tentatives maladroites d'attirer son attention. Après tout, vous êtes cousins.

— Je ne l'oublie pas ! répliqua irrévérencieusement Meredith.

Jusqu'à ce qu'elle ait regagné la maison, elle devrait cacher son chagrin. Ainsi, Dane avait parlé d'elle à

Ginny ! Un instant, elle eut envie de révéler à sa rivale tout du baiser qu'ils avaient échangé, Dane et elle, mais son bon sens lui vint en aide : si elle agissait ainsi, Dane ne manquerait pas de lui faire subir une nouvelle humiliation.

— Alors, sachez que Dane a des idées bien arrêtées sur le mariage entre membres de la même famille. Abandonnez toutes les idées que vous aviez pu vous mettre en tête à ce sujet.

Meredith ne pouvait en supporter davantage. Elle se leva et riposta dignement :

— Croyez-le ou non, une telle pensée ne m'est jamais venue à l'esprit. A présent, j'en ai assez. Vous avez le champ libre, Miss Moore. J'ai des goûts plus complexes.

Elle se dirigea vers Peter. Il discutait avec des amis, et Meredith se joignit à eux. Pendant tout le reste de la soirée, elle veilla à ne pas se trouver seule avec Ginny Moore ou sa mère.

Personne n'avait l'air plus gai que Meredith, personne ne s'amusait plus qu'elle. Pour clore la soirée, Peter et ses amis décidèrent d'aller admirer le lever de soleil sur la plage. Ils invitèrent la jeune fille à se joindre à eux.

Au moment où ils sortaient du Club, ils rencontrèrent Ginny et Dane. Mme Moore et son cavalier, de même que la plupart des invités âgés, s'étaient déjà retirés. Meredith pensa que le destin leur jouait un mauvais tour en les mettant en présence de Dane..

Un autre tour de ce destin diabolique fut le salut joyeux de Sarah.

— Hello, Miss moore ! Monsieur Fowler ! Quelle soirée superbe !

Ginny n'était rien moins que gracieuse, mais Dane adressa à Sarah un sourire qui la fit fondre. Meredith se faisait la plus discrète possible. Elle avait l'impression que Dane n'approuverait pas cette décision de se rendre sur la plage.

— Oh non, nous ne rentrons pas encore ! disait

Sarah. Nous allons nous baigner à Natadola. La nuit est trop belle pour aller dormir !

— Vraiment ? demanda Dane, narquois. J'espère que vous n'aviez pas l'intention d'amener Meredith ?

— Euh... Mais si, j'en avais l'intention, monsieur, balbutia Peter. Pen... Pensez-vous que M. Fowler nous désapprouverait ?

Meredith demeurait muette. Elle était furieuse de voir Peter se soumettre à l'autorité de Dane. Elle baissait la tête, et personne ne pouvait deviner son chagrin.

— Sûrement, répondit Dane. Avez-vous prévu d'emmener Joseph ?

Peter avait l'air embarrassé. Il lança un regard découragé à la jeune fille.

— Oh non, non. Vous l'avez renvoyé à la maison, n'est-ce pas, Meredith ?

— Il y a plusieurs heures, reconnut-elle froidement.

— Dans ce cas, vous rentrez avec moi, ordonna Dane, sans tenir compte de la mine contrariée de Peter, ni du sursaut de Ginny.

Ce fut Peter qui parla le premier. Il était visiblement déconcerté, mais faisait preuve d'une louable obstination.

— Je vous accompagne. Je n'y tiens pas autant que les autres.

Mortifiée, mais totalement incapable de modifier les événements, Meredith se laissa installer sur le siège arrière de la luxueuse voiture de Dane.

Dane conduisait en parlant peu. Il déposa Ginny, mais ne resta pas absent plus de cinq minutes avant de regagner sa place au volant. Ce n'était sans doute pas un adieu passionné : juste assez long pour un baiser rapide, sans plus.

— Vous êtes-vous bien amusée, Meredith ? demanda-t-il en redémarrant.

— Très bien, merci, répondit-elle d'une voix atone.

— Vous êtes bien silencieuse.

Dane, une fois de plus, revenait à la charge, mais elle

ne lui donnerait pas le plaisir de se plaindre de la fatigue.

— J'en suis navrée.

Ils n'échangèrent plus un mot jusqu'à leur arrivée.

— Votre voiture vous attend, Peter, remarqua-t-il. Avez-vous une clé, Meredith ?

— Oui, merci.

— Je vous retrouve dans quelques minutes.

Peter ne parla que lorsque le bruit du moteur eut disparu. Il l'entraîna le long de l'allée où était garée son véhicule.

— Je suis désolé, Meredith.

— Oh, ne vous inquiétez pas. Allez rejoindre les autres.

— Oui, j'irai. Il est vraiment démodé, n'est-ce pas ? Que croyait-il donc ? Que nous allions faire une orgie sur la plage ?

L'idée était assez drôle pour faire rire Meredith. Peter se pencha et l'embrassa furtivement.

— J'ai cru que vous aviez peur, ou presque. Vous êtes restée si calme !

— Peur de Dane ? Vous plaisantez ! Son avis m'importe peu. Mais je crois que grand-père n'aurait pas approuvé, lui non plus.

— Eh bien, si vous parvenez à l'ignorer, vous avez plus de courage que moi. Très franchement, il m'intimide. A part Maurice, il ne doit pas avoir pire ennemi. Ils se ressemblent.

— Vous avez trop d'imagination ! protesta Meredith. Allez, partez vite. Merci pour cette merveilleuse soirée !

Son sourire était tellement chaleureux qu'il ne remarqua pas l'émotion contenue dans sa voix.

— J'ai passé un très bon moment, moi aussi. Vous êtes tellement gentille, Meredith ! Bonne nuit.

Elle revint lentement sur la véranda. Elle se sentait prête à fondre en larmes mais ne pouvait s'abandonner avant d'être dans sa chambre.

Dane la rejoignit au moment où elle pénétrait dans le hall.

— Vous boudez toujours ?

— Je ne boude pas, répondit-elle d'une voix tremblante.

Terrifiée à l'idée de pleurer, là, devant lui, elle se dirigea vers la porte. Il lui tardait de se retrouver seule.

— Meredith !

— Oh, pour l'amour du ciel ! N'en avez-vous pas assez fait pour ce soir ! s'écria-t-elle avant de partir en courant, les yeux brillants.

Elle s'enferma dans la salle de bains pour essayer de se détendre sous le jet chaud de la douche. Puis, elle s'enveloppa dans une immense serviette et s'assit pour achever sa toilette.

Elle avait réussi à ne pas éclater en sanglots, mais se sentait tendue et nerveuse. Trop tendue pour dormir, trop fatiguée pour penser clairement.

Meredith passa une main sur sa nuque. Elle la trouva tellement contractée que les muscles en paraissaient noués.

C'est charmant ! songea-t-elle. Je me demande qui en est responsable ? L'impitoyable cruauté de Dane ? Ou les allusions malveillantes de sa fiancée ?

7

Meredith ignora le petit coup frappé à la porte. Elle pensait que c'était l'un de ces bruits nocturnes. Elle ne se retourna qu'en sentant un picotement sur sa nuque, comme chaque fois que Dane était proche. Il venait vers elle, une tasse à la main.

— Que... Que faites-vous ici ? souffla-t-elle.

— Je vous apporte du lait chaud.

Il posa la tasse sur la coiffeuse et contempla Meredith. Elle frissonna, hypnotisée par l'intensité de son regard fixe, presque immobile. Elle regrettait vivement de ne pas avoir enfilé sa chemise de nuit, négligemment posée sur le dossier d'une chaise. Malgré sa taille, le drap de bain ne la couvrait pas suffisamment. Comme elle souhaitait qu'il parte !

— Vous devez me promettre de le boire, reprit-il.

Elle eut un petit sourire amer. Cela ressemblait bien à Dane.

— Bien sûr... Votre Majesté.

— Qu'avez-vous dit ?

Il avait entendu, mais n'en croyait pas ses oreilles. Déjà, Meredith se demandait pourquoi elle l'avait provoqué.

— Aucune importance, répondit-elle en se détournant... Voulez-vous partir à présent, Dane ? Je suis fatiguée...

Sa voix mourut, car il se rapprochait insensiblement du halo de lumière dispensé par la lampe. Il était toujours en tenue de soirée. Tout autre que lui aurait paru déplacé dans cette chambre féminine, mais lui semblait parfaitement à son aise.

— Que se passe-t-il? s'enquit-il brusquement. Vous êtes aussi blanche qu'un linge. Avez-vous trop bu?

— Deux verres de punch? A peine. Merci pour le lait, je le boirai. Mais laissez-moi. Je n'ai pas besoin de vous.

Il l'ignora. Il s'approcha et souleva son menton, notant son tressaillement et sa façon de détourner la tête. Sans hésiter, il posa la main sur sa nuque raide.

— Vous êtes aussi tendue qu'une corde de violon, fit-il en la mettant debout. Venez vous allonger, je vais vous masser.

— Vous?

— Je possède beaucoup de dons cachés, déclara-t-il, moqueur. Allongez-vous sur le ventre.

Meredith ne résista pas. Elle se sentait presque heureuse de recevoir des ordres de Dane.

Les mains de Dane, merveilleusement douces, pétrissaient les muscles raides de son cou et de ses épaules. Le rythme de ses mouvements détendait son corps et son esprit. Les paupières lourdes, la jeune fille finit par s'assoupir. Bientôt, elle avait l'étrange impression de flotter.

Elle ne sut jamais à quel moment Dane cessa de la masser pour caresser son corps, mais il était déjà trop tard lorsqu'elle s'en aperçut. Elle sentait la douceur de sa chemise contre sa joue, tandis que ses mains se déplaçaient le long de son dos, cherchant à dénouer la serviette.

— Dane...

Il ne dit rien. Sans doute n'avait-il pas entendu ce murmure de protestation. Meredith ouvrit les yeux pour scruter son visage. Il avait une expression lointaine, absorbée. Comme droguée, elle leva la main. Il la saisit et l'amena à ses lèvres, embrassa la paume en contemplant le visage de Meredith. Il la dévorait des yeux.

Comme dans les films au ralenti, Meredith avait l'impression que le temps s'étirait. Incapable de réagir, elle ne fit aucune tentative pour l'empêcher de dénouer le drap de bain qu'il rejeta au loin, révélant ainsi les courbes harmonieuses de son corps.

— Vous êtes belle, murmura-t-il d'une voix rauque, émerveillé.

— Vous aussi, souffla-t-elle.

Il sourit et la prit dans ses bras. Ses mains étaient douces contre le satin de sa peau.

Sa bouche effleura ses lèvres. Lentement, comme s'il avait peur de l'effrayer, il caressait chaque courbe du corps souple. Meredith se sentait submergée par une vague de chaleur. Les caresses de Dane éveillaient en elle une passion dévorante dont elle n'aurait jamais soupçonné l'existence.

Levant les bras, elle les glissa autour du cou de Dane et renversa la tête en arrière.

— Vous offrez-vous à moi ? murmura-t-il contre sa gorge.

— Le désirez-vous ?

Pour toute réponse, il la serra plus fort, l'écrasant contre son torse pour lui prouver son désir.

— Oui, fit-il durement. Mais vous le savez, n'est-ce pas ? Vous avez l'habitude. A combien d'hommes avez-vous dit la même chose, Meredith ?

— Des centaines !

Sans plus réfléchir, elle leva la main et le gifla. La colère la submergeait. La colère, la frustration, et la honte d'avoir succombé à son habile séduction. Dane venait de lui prouver de façon très claire qu'il ne ressentait rien pour elle à part un immense mépris.

— Petite garce ! Est-ce que vous aviez prévu pour Peter King, ce soir ?

— Non, haleta-t-elle en luttant pour s'éloigner de lui. Pourquoi diable n'épousez-vous pas Ginny ? Cela vous empêcherait de martyriser la première venue !

Tandis qu'elle prononçait ces paroles son instinct l'avertissait qu'elle allait trop loin. Epouvantée par la sombre violence qu'elle lut dans les yeux de Dane, elle se cambra, luttant désespérément pour lui échapper avant qu'il ne mette la main sur elle.

— Vous pouvez vous débattre, murmura-t-il. C'est un peu tard, non ?

Quand elle ouvrit la bouche pour hurler, il s'en empara, et d'un mouvement brusque, la plaqua sur les oreillers. La peur décuplait les forces de Meredith, mais elle était trop faible pour parvenir à le repousser. Instinctivement, elle pensa appeler à l'aide, mais le souvenir de Mark, dormant dans la pièce voisine, la retint.

Dane l'écrasait de son poids. Il souriait des efforts qu'elle déployait pour le repousser.

— Partez ! souffla-t-elle, affolée. Je vous déteste !

— Vous me détesterez encore plus tout à l'heure.

La menace était claire. Horrifiée, elle se rendit compte que Dane avait l'intention de la séduire, avec ou sans son consentement. Maintenant, elle savait quelle sorte d'homme se cachait sous le masque froid qu'il arborait, et le désir primitif qu'elle avait éveillé en lui l'effrayait. Dane caressa sa poitrine. C'était la caresse la plus intime qu'elle ait jamais connue, la plus diaboliquement sensuelle.

— Vous êtes fou ! haleta-t-elle. Dane... Je vous en prie !

— Je vous en prie quoi ? Je vous en prie, allez plus loin ?

La raillerie avait porté. Meredith se sentait paralysée. Lorsque la bouche de Dane explora son corps, elle trembla ; non de douleur, mais de l'attente de cette douleur avant la promesse d'une extase que lui seul pouvait lui donner.

Meredith, désormais, connaissait le pouvoir de sa propre passion. Bouleversée par ses caresses, elle savait que le prix à payer serait trop élevé, si elle s'abandonnait. Pourvu qu'il ne soit pas trop tard ! songea-t-elle, abattue.

Les larmes jaillirent de ses yeux, rendant sa voix hachée et tremblante.

— Dane, arrêtez !... Je ne peux pas ! Pas ici, pas maintenant !

— La petite innocente ? railla-t-il. Bien joué, Meredith.

Il avait repris un masque impassible, la violence terrifiante avait disparu. Meredith avait gagné.

Elle sanglotait, pleurait parce qu'elle avait soudain froid. Il avait éveillé en elle un besoin dévorant qu'elle ne pouvait lui permettre de satisfaire.

— Des larmes ? Etes-vous vraiment effrayée ?

— Je... Vous aviez l'air de vouloir me tuer.

Il eut un sourire ironique, mais qui s'adoucit brusquement. Etait-ce de la tendresse ? Non, c'était impossible ! Prisonnière de ses bras, Meredith le fixait, muette.

— Ne me giflez plus jamais, fit-il doucement.

Il la relâcha et se leva. Elle voulait lui parler pour qu'il se rapproche d'elle et la prenne dans ses bras. Douloureusement tendue, elle souhaitait seulement l'aboutissement de son désir dans l'oubli de ses bras. Mais elle restait pétrifiée.

Dane se retourna et la vit. Il parut amusé et la recouvrit.

— On dirait une nymphe frustrée, railla-t-il. Sachez, ma chère, que je ne quitte pas Ginny plein de passions inassouvies, au point de faire violence à la première venue. M'en croyez-vous vraiment capable ?

— Je ne sais pas, répondit-elle en hésitant.

Consciente de la dureté de son regard, elle détourna la tête et baissa les paupières.

— Je ne sais pas, répéta-t-elle. Dane, pourquoi me haïssez-vous autant ? M'avez-vous haïe avant même mon arrivée ?

— Mais non, ma chère. Je ne déteste pas par principe.

— J'ai dit haïr, insista-t-elle.

Il saisit sa main et la porta à ses lèvres.

— Vous vous trompez, répondit-il les lèvres sur sa paume. Je ne sais pas vraiment ce que j'éprouve pour vous, mais je vais devoir le découvrir, je vois.

— Je crois que je vous hais.

— Vraiment ? s'écria-t-il. J'en doute, ma chère, mais pensez-le si cela ménage votre fierté.

Il se pencha et baisa les paupières closes.

— Et ne me lancez pas un de vos adjectifs favoris. Je suis peut-être arrogant, vaniteux, insupportable, mais je sais reconnaître l'attirance que j'exerce... et vous avez été attirée dès le premier regard. Maintenant, dormez.

Malgré elle, Meredith ouvrit les yeux. Il se dirigeait vers la porte.

— Dane...

— Bonne nuit, Meredith, lança-t-il sans se retourner.

La porte se referma sur lui. Nerveusement, Meredith roula la serviette en boule et la jeta à terre. Oh, comme elle le désirait... Comme elle avait été proche de tout abandonner pour une nuit de plaisir dans ses bras !

Si elle avait été la femme libérée qu'il imaginait, elle aurait pu se laisser aller sans avoir à souffrir ensuite de honte et de regret. Mais elle n'était pas ainsi.

Le soleil était déjà haut lorsqu'elle s'éveilla. La trille légère d'un oiseau emplissait l'air. Par la fenêtre entrait le doux parfum des gardénias. Bien que couverte d'un seul drap, Meredith avait déjà très chaud.

Mark entra à pas de loup, un doigt sur les lèvres.

— Réveillée ! cria-t-il joyeusement en courant vers le lit. L'heure de déjeuner !

— D'accord, embrasse-moi.

Il se précipita et obéit avec enthousiasme.

— Tu sens bon. Qu'as-tu fait ?

— Déjeuné avec Dane. Nadi et moi promenés et Nadi a ramassé des fleurs. Roses et jaunes.

Meredith avait le cœur débordant d'amour. Après l'avoir embrassé de nouveau, elle prit l'enfant dans ses bras et le ramena dans sa chambre. Renadi remplaçait le bouquet de la veille par les fleurs qu'elle venait de cueillir.

— Vous êtes-vous bien amusée hier soir ? demanda-t-elle.

— Oui beaucoup, mentit Meredith. Je ne suis rentrée qu'à trois heures.

— Je sais, pouffa Renadi. Je vous ai entendue.

Meredith eut le souffle coupé. Avait-elle aussi entendu Dane ? Elle se sentit rougir.

— Je suis désolée de vous avoir réveillée, dit-elle.

— Oh, je ne dormais pas. J'allais me coucher.

Il n'y avait aucun sous-entendu dans sa voix chaude. Elle n'avait peut-être rien surpris de leur conversation. Ou alors, elle trouvait normal qu'il ait rendu visite à Meredith au milieu de la nuit.

— Si tu me laisses le temps de prendre mon petit déjeuner, je viendrai me baigner avec toi, proposa Meredith en déposant son frère.

— Nous vous retrouverons à la piscine, décida Renadi.

— Très bonne idée. Je m'habille et j'arrive.

Rapidement, elle enfila un short et un bustier. D'un ton méprisant, elle se conseilla de cesser d'être stupide. Personne n'aurait pu être plus clair que Dane : il la trouvait désirable, mais elle n'était pour lui qu'une femme parmi les autres. La passion, ce torrent dévastateur qui les avait emportés la veille, ne signifiait rien. Ce qu'elle voulait, c'était…

Consternée, Meredith s'effondra sur le bord de son lit, le visage hagard. Ce qu'elle voulait, c'était l'amour de Dane, en réponse à son amour à elle.

« Folle ! » s'écria-t-elle, les yeux dilatés. « Je suis amoureuse de lui ! »

Non, c'était impossible. Elle ne pouvait aimer un homme qui la méprise autant ! Mais ses mains serrées l'une contre l'autre en un geste suppliant, trahissaient son secret. En entendant la voix de Mark, Meredith se força à dissiper l'angoisse qui contractait ses traits.

— Viens déjeuner près de la piscine, criait-il en se

précipitant vers elle. Comme ça je peux nager tout de suite !

Meredith lança un regard interrogateur à Renadi.

— M. Fowler est là-bas. Il aimerait que vous y alliez.

Plus il y aurait de gens autour d'elle, moins Meredith laisserait vagabonder ses pensées. Elle mit une paire de lunettes de soleil sur son nez.

— D'accord. Allez, Mark, on fait la course !

C'était tout un art de laisser un enfant de deux ans gagner une course, mais Meredith savait s'y prendre. Mark l'emporta d'une courte longueur. Ils étaient tous deux hors d'haleine et riaient lorsqu'ils arrivèrent près du groupe installé à l'ombre. Il y avait Maurice, bien sûr. Et Dane. Et Ginny, toute fraîche et ravissante dans sa robe blanche.

Charmante petite réunion, songea amèrement Meredith. Elle retint Mark juste à temps pour l'empêcher de heurter les longues jambes de Miss Moore.

Comme elle détestait cette femme ! Ginny eut un petit sourire condescendant qui donna envie à Meredith de la pousser dans le bassin, mais elle se maîtrisa. Elle accueillit les remarques acides sur son lever tardif avec une bonne humeur placide et constata avec plaisir que cela ennuyait Ginny.

Elle ne voulait pas rencontrer le regard de Dane. Le souvenir des événements de la veille et la découverte, le matin même, de ses sentiments, la troublaient trop profondément. Elle ne pourrait supporter son sourire ironique !

Par bonheur, la présence de Mark dans la piscine et ses continuels « regarde moi » aidaient Meredith à ne pas participer à la conversation. Elle tourna légèrement sa chaise. Ainsi, elle pourrait prétendre surveiller l'enfant.

— Vous faites du zèle, Meredith, lança Ginny. Renadi est absolument digne de confiance, je n'en doute pas.

— Moi non plus, mais Mark aime être admiré.

— Pensez-vous qu'il soit bon d'encourager sa vanité ?

Meredith haussa un sourcil.

— Je ne savais pas qu'on pouvait traiter de vaniteux un enfant de cet âge. Mais je crois qu'il mérite d'être encouragé.

— Encouragé, bien sûr. Mais cette dépendance est autre chose, non ?

— Regarde-moi, Dane ! Regarde-moi, grand-père ! hurlait Mark qui sautait dans une gerbe d'éclaboussures.

— Il n'est pas dépendant de moi pour les louanges, dit sèchement Meredith. Et c'est sûrement... trop demander que d'espérer le voir indépendant à son âge.

Ginny rougit, comme si elle venait de s'entendre dire qu'elle était stupide.

— Qu'en pensez-vous, mon cher ? demanda-t-elle à Dane. Maurice et vous êtes bien silencieux.

— N'ayant aucune expérience des petits, je ne peux pas juger. J'admets que Meredith se montre un peu trop protectrice, mais c'est compréhensible.

La jeune fille écarquilla légèrement les yeux à ce demi compliment. Souriant, Dane tourna les yeux vers elle, mais il n'y avait aucune expression dans le regard d'ambre.

Elle s'était attendue à le trouver différent, comme si l'éveil de son cœur et de son corps avaient provoqué un changement essentiel en lui aussi. C'était une idée ridicule, puérile. Dane était toujours le même, sombre et suffisant.

— En voulez-vous toujours à votre cousin de vous avoir empêchée d'aller à la plage ? reprit Ginny avec un petit rire.

— Qu'est-ce que cette histoire ? intervint Maurice.

Ginny se tourna vers lui.

— Vous ne savez pas ? Toute une bande de jeunes gens avait décidé d'aller admirer le soleil levant sur la mer. Heureusement, Sarah King a prévenu Dane et il a insisté pour que Meredith rentre. Nous l'avons donc ramenée avec Peter.

Miss Moore ne serait pas aussi contente si elle connaissait la suite, pensa malicieusement Meredith.

Maurice haussa les épaules. Ses yeux perçants les dévisageaient l'un après l'autre, pour s'arrêter sur Dane.

— Bah! Nous avons tous été jeunes!

— Cependant, Meredith pouvait difficilement y aller, n'est-ce pas? insista Ginny. Ce n'était pas convenable. La pauvre était furieuse, bien sûr, mais Dane a eu raison.

— Ma colère n'a pas duré, remarqua doucement Meredith. Dane m'a bientôt charmée avec une occupation très différente.

— Mais vous êtes tellement facile à charmer! lança-t-il cruellement.

— Oh, vraiment? s'étonna-t-elle. Moi qui pensais que vous étiez un expert...

Un sourire singulier étirait les lèvres de Maurice. Ginny, en revanche, dissimulait mal sa fureur.

— J'en conclus que vous vous êtes encore disputés après votre retour? s'enquit-elle en posant une main possessive sur le bras de Dane.

— Si l'on veut, oui, admit Dane. Meredith a un caractère passionné.

— Vraiment? C'est incroyable! Vous devriez apprendre à vous contrôler, Meredith. Il n'y a rien de pire qu'une femme qui a mauvais caractère. N'ai-je pas raison, Maurice?

L'air déférent avec lequel elle le prenait à témoin fit sortir Meredith de ses gonds.

— Je suis sûre que si, Ginny, comme toujours, jeta-t-elle en se levant. A présent excusez-moi, j'ai promis à Mark de me baigner avec lui.

Elle plongea tout habillée, sans se soucier de ce qu'ils penseraient de son impolitesse, et essaya d'oublier sa peine en jouant avec Mark. Mais sa conscience la harcelait. Elle s'était montrée terriblement grossière, et devait à Maurice de se conduire correctement. Elle se hissa sur le bord et repoussa ses cheveux dans son dos. Sa blouse et son short collaient à sa peau.

— Rafraîchie ?

Maurice avait l'air plus amusé que fâché.

— Oui merci. Ginny a raison, je crois. J'ai un caractère épouvantable. Je devrais me résigner à rester vieille fille, ajouta-t-elle.

— Ce n'est pas une excuse ! La voix de Dane était implacable.

Refusant de le regarder, Meredith s'adressa à Ginny.

— Je suis désolée si je vous ai mise en colère.

— Pas du tout, mais reconnaissez que mon commentaire était justifié... Vous devriez aller vous changer, cette blouse est indécente.

Le bustier mouillé collait à la peau de Meredith, épousant la forme de sa poitrine. Elle rougit brusquement.

— J'y vais. Viens Mark !

— Je vous accompagne, dit Maurice.

Dane aida le vieil homme à se lever. Meredith observa son grand-père. Etait-ce un effet de son imagination, ou s'était-il considérablement affaibli depuis leur arrivée ?

— Me croyez-vous incapable d'y arriver seul ? s'enquit-il lorsqu'elle glissa son bras sous le sien.

— Pas du tout ! Vous ramperiez, s'il le fallait !

— Mon cerveau n'a pas faibli, lui, même si Ginny Moore me trouve gâteux !

— Vous êtes un peu sévère !

— Menteuse, vous ne pouvez pas la supporter. Que ferez-vous lorsqu'elle aura épousé Dane ?

Meredith haussa les épaules. Elle espérait que son visage ne trahirait pas son chagrin.

— Je ne sais pas. Vont... Vivront-ils ici ?

— Oui.

— Eh bien, je pense que je devrai m'installer ailleurs.

— Je vais réunir le conseil d'administration de la

société, fit-il après un silence. Il y aura, voyons... Seize hommes. Dix d'entre eux amèneront leurs épouses. D'ici une dizaine de jours, sans doute. Pourrez-vous vous en occuper ?

— Oui.

8

Meredith observait avec curiosité tous ces gens dont elle n'avait jamais entendu parler, et qui avaient presque tous connu sa mère. L'un d'eux lui parlerait-il de Dinah ?

Le souvenir de sa mère s'estompait. Pour Meredith, la femme tranquille qu'elle avait connue et la jeune fille qui, détestant son père, s'était enfuie avec un homme qu'elle connaissait à peine, semblaient deux personnages bien différents.

De curieux parents, pensait-elle en accueillant avec le sourire M. et Mme Lamont, les derniers invités. Quelle ne fut pas sa surprise quand elle découvrit une silhouette familière derrière eux.

— Don ! s'écria-t-elle avec plaisir.

— Meredith !... D'où venez-vous ?

Abasourdi, il lui serra machinalement la main.

— J'habite ici.

Maurice intervint :

— Meredith est ma petite-fille, monsieur Poole. Votre famille et vous-même avez été très bons pour elle, lors de son séjour à Hibiscus Island avec Mark.

Meredith était stupéfaite : la camaraderie du jeune homme s'était muée en respect.

— Ce n'était guère difficile, monsieur, répondit-il timidement. Ma mère avait pris Meredith et le petit garçon en affection.

— Je n'en doute pas. Néanmoins, c'était gentil à

vous. Meredith venait de perdre ses parents, et elle ne savait pas ce que serait sa vie ici. Toute cette semaine passée en compagnie de votre famille lui a apporté le repos qui lui manquait tant. Pourquoi ne pas faire visiter le jardin à M. Poole, Meredith ? Philip n'aura pas besoin de lui pendant une demi-heure.

Meredith s'éloigna avec Don. Pour essayer de dissiper l'embarras qui s'était installé entre eux, elle l'interrogea sur sa famille. Arrivés au bout du jardin, elle lui montra, au loin, la tache pourpre que faisait Hibiscus Island sur la mer.

— A ce moment-là, saviez-vous que M. Fowler était votre grand-père ? demanda-t-il brusquement.

— Oui.

— Je pense donc que je dois vous remercier pour cet emploi ?

Meredith haussa les sourcils.

— Que voulez-vous dire ? Je n'ai absolument pas parlé de vous !

— Ce n'était pas la peine, grimaça-t-il. Vous m'avez vite oublié... Que représentent quelques baisers, après tout ?

— Mais...

Meredith, abasourdie, ignorait ce dont son ami parlait.

— Don...

Derrière eux, la voix de Dane s'éleva, glaciale.

— Mark s'est fait mal, Meredith. Il vous demande, et pleure.

En se retournant, Meredith avait surpris une lueur inquiète dans ses yeux, mais Dane avait repris son attitude familière. Il avait l'ouïe fine, et devait avoir surpris les mots échangés avec Don. Cela faisait presque plaisir à Meredith, mais rendait sa position un peu plus délicate : si Dane se posait des questions sur sa légèreté, il n'aurait qu'un pas à faire pour entreprendre une enquête.

Meredith ne fut pas surprise de voir que les deux hommes se connaissaient. Les Fowler avaient attiré

Don dans leur filet, probablement pour le surveiller. Mais pourquoi?

Mark avait retrouvé le sourire lorsqu'ils regagnèrent la maison. Meredith, soupçonnant Dane d'avoir inventé un prétexte pour la suivre, se conduisit froidement envers lui. Elle jouait le rôle de la maîtresse de maison avec une aisance qui enchantait Maurice. Il aimait la voir séduisante, charmant ses vieux amis et éblouissant les hommes plus jeunes tout en gardant un air distant qu'il attribuait à son côté Fowler. En retour, il lui donnait un toit, une rente, et l'indépendance qu'elle désirait. Il ne pourrait jamais y avoir d'amour entre Meredith et son grand-père, mais ils s'estimaient.

Mais Dane... Non, ce n'était pas le moment de penser à lui. Dane la rabaissait par ses regards moqueurs et la méprisait d'avoir succombé à ses caresses habiles. Elle haïssait Dane... mais elle l'aimait follement aussi.

Le dîner fut un succès. Le menu, soigneusement étudié avec Joe, enchanta tous les invités qui félicitèrent Meredith. Le lendemain, ils se rendraient tous sur une île voisine, où Maurice possédait une immense villa au bord de la plage. Là, les femmes nageraient et paresseraient au soleil, pendant que les hommes iraient pêcher sur le yacht de Dane. On n'avait pas encore parlé affaires. La réunion aurait lieu le surlendemain, occupant ces messieurs, pendant que leurs épouses iraient faire des courses à Lautoka et assister à un défilé de mode dans le plus grand hôtel de Nadi.

Enfin, après un cocktail auquel les amis de Maurice et les chefs locaux étaient conviés, tout ce monde reprendrait l'avion.

Meredith serait heureuse de les voir partir. Elle en avait assez de leur curiosité à peine déguisée, des questions perfides tendant à voir si elle savait ce que Maurice lui léguerait, de l'intérêt avec lequel ils observaient le moindre de ses gestes. D'ailleurs, une fois qu'ils seraient partis, Ginny Moore et sa mère fréquenteraient moins souvent la maison.

Plus tôt Dane annoncera ses fiançailles avec Ginny, mieux ce sera, se disait la jeune fille en essayant d'oublier sa peine. Une fois le mariage célébré, elle serait peut-être capable d'oblitérer cet amour interdit de sa vie et de recommencer une nouvelle existence. L'avenir sans Dane serait horriblement morne, mais elle y parviendrait. On ne meurt pas de chagrin! se répétait-elle.

Malheureusement, son cœur refusait ce que lui dictait sa raison.

Le pouvoir que Dane possédait sur elle l'humiliait. Chaque fois qu'elle entendait sa voix, chaque fois qu'elle sentait son regard posé sur elle, elle devait se raidir pour ne pas trahir les battements affolés de son cœur. Pour ne pas trahir son secret, elle se montrait très distante envers le jeune homme. Elle ne baissait pas les yeux quand il la fixait et souriait avec modestie.

— Une vraie Fowler, lui dit Mme Lamont alors qu'elles étaient étendues à l'ombre des cocotiers dont les palmes ondulaient doucement au-dessus d'elles. Pour Mme Lamont c'était un compliment, et Meredith sourit, l'acceptant comme tel. Mais sa voisine ne pouvait voir son expression, dissimulée par le grand chapeau qu'elle portait.

Il faisait très chaud sur l'île, tout était immobile. Loin sur la mer, un point blanc annonçait le retour du yacht de Dane. Officiellement, les hommes étaient partis pêcher, mais Meredith était convaincue qu'ils avaient ouverts les préliminaires du conseil d'administration du lendemain.

Une soirée suivrait le dîner puis, sous les étoiles, une lente croisière les ramènerait à Lautoka. Avec l'aide de Joe, Meredith avait vérifié maintes fois tous les préparatifs. Rien ne semblait avoir été oublié. Pourtant, la jeune fille ne pouvait s'empêcher d'être inquiète. Avait-elle vraiment pensé à tout? Ce serait humiliant, et Maurice serait déçu, si elle avait négligé un détail.

— Votre petit frère vous manque? demanda doucement Mme Lamont. Vous le protégez trop, ma chère. Il est tout à fait en sécurité sans vous.

— Oh, je ne me fais aucun souci pour Mark, répondit Meredith, pas tout à fait sincère. Renadi est très capable, et il n'est pas méchant.

— Il est adorable. Un vrai Fowler !

A nouveau, Meredith sourit, maîtrisant son envie de préciser que leur nom était Colfax, et qu'ils tenaient sûrement un peu de leur père.

Contre la brume légère, le yacht vira vers eux. Les voiles gonflées par un souffle de vent, le bateau élégant se faufilait à travers les récifs. Un matelot fidjien se tenait à la proue. Doucement, le voilier approchait, et Meredith distingua bientôt Dane, à la barre. Quelques ordres brefs, et ils accostèrent. Les voiles furent amenées. Dans un grincement, deux ancres descendirent.

Quelques minutes plus tard, les hommes enthousiastes, légèrement hâlés par le vent et les embruns, étaient à terre, insistant pour que le produit de leur pêche soit cuisiné le soir même.

L'air, maintenant plus frais, était moins oppressant. Après s'être rafraîchis, les invités se retrouvèrent sur la terrasse où était servi l'apéritif.

Il y avait beaucoup de rires et de plaisanteries. Malgré l'atmosphère détendue, Meredith était triste. Ginny et Dane semblaient inséparables. Les voir ensemble la désespérait.

— Vous êtes bien calme.

Les yeux vifs de Maurice scrutaient son visage.

— Ne le répétez à personne, souffla-t-elle, mais je suis terrifiée à l'idée que quelque chose n'aille pas.

— Que diable pourrait-il se passer ? s'étonna-t-il.

— C'est facile, pour vous...

— Dane ! La coupa-t-il. Viens ici, et amène Meredith boire un verre ! Ginny, excusez le caprice d'un vieil homme et faites-moi la conversation. J'ai besoin d'une présence reposante. Meredith est bien trop nerveuse !

Meredith se résigna à laisser la place à Ginny,

partagée entre la jalousie et une attitude suffisante. Lorsque Dane la conduisit au bar, elle sentait le regard de Miss Moore toujours fixé sur elle.

— Détendez-vous, conseilla Dane après quelques instants. Vous êtes une organisatrice remarquable. Tout ira bien.

— Ne l'espérez pas trop !

Il rit et lui tendit un verre de Xérès.

— Tenez, vous vous sentirez mieux après ceci.

Meredith accepta et détourna la tête pour cacher sa confusion lorsque ses doigts frôlèrent les siens.

— Je ne vous demandais pas de le vider d'une seule traite, commenta-t-il, amusé, la bouche relevée dans ce sourire qu'elle trouvait si tendre.

Meredith contempla son verre presque vide avec stupéfaction.

— J'ai oublié que ce n'était pas du jus de fruits. Je suppose que c'était un vin rare ?

— Le Xérès est un mélange, mon enfant, pas un cru.

Il semblait que Dane, au moins pour cette soirée, était prêt à oublier la méfiance et le dégoût que lui inspirait Meredith. Alors qu'ils déambulaient sur la terrasse, il lui parla de Jerez, en Espagne, d'où venait le vin de ce nom. De là, il parla des autres pays d'Europe.

Fascinée, elle lui posait de temps en temps des questions, ou faisait des remarques.

— Vous n'y êtes jamais allée ? s'enquit-il, surpris.

Meredith secoua la tête.

— Nous n'avions pas assez d'argent. Dane, demanda-t-elle impulsivement, connaissiez-vous ma mère ?

— Oui.

— L'aimiez-vous ?

— Oui, je l'aimais. Pourquoi ?

— Je ne sais pas, soupira-t-elle. Elle était très secrète, et je ne sais pas grand-chose d'elle. Je n'aime pas l'idée d'interroger Maurice à son sujet, mais il n'y a personne d'autre en qui j'ai confiance.

— Me faites-vous confiance ?

Le soleil couchant éblouissait Meredith. Elle ne distinguait que les contours du visage de Dane, mais le ton singulier de sa voix la rendit prudente.

— Bien sûr, répondit-elle d'un ton brusque.

Il y eut un silence.

— Dinah était jolie, avec beaucoup de charme mais un caractère superficiel. La dernière fois que je l'ai vue, j'avais dix ans, et je n'étais pas très observateur. Mais, déjà, je savais qu'elle craignait Maurice.

— Je crois qu'il lui faisait encore peur le jour de sa mort.

— Et vous, avez-vous peur de lui ?

Elle secoua la tête.

— Non, constata-t-il avec satisfaction. C'est pourquoi il vous apprécie. Il méprisait votre mère.

— Et elle le haïssait. Mais elle l'a laissé nous prendre en charge à sa mort.

— Ne la jugez pas trop durement, Meredith.

— Je ne la juge pas.

Si j'avais su que Maurice n'était pas l'ogre décrit par Dinah, je n'aurais jamais joué une telle comédie, poursuivit-elle mentalement. Et Dane ne m'aurait pas considérée comme une enfant précoce. Non, il aurait vu une adolescente écervelée qui agissait inconsidérément avec Don Poole, rectifia-t-elle. Ou, du moins, de façon très imprudente. Et l'ardeur avec laquelle elle avait répondu à ses caresses ne pouvait que renforcer ses soupçons.

— Que vous a-t-elle raconté de la vie ici ?

— Rien. Elle m'a parlé de Maurice, bien sûr, reprit-elle après un silence. Elle m'a dit qu'il était autoritaire.

— Je vous soupçonne d'adoucir son opinion de lui.

— Comme vous l'avez remarqué, il l'effrayait. Elle avait peur pour Mark. Elle me savait capable de m'en sortir, mais Mark...

Prête à avouer la supercherie, elle s'interrompit.

— Mais Mark... insista-t-il.

Avant de poursuivre, Meredith se déplaça pour que le soleil ne lui cache plus l'expression du visage de

Dane. Le masque impassible qu'il arborait ne lui apprit rien.

— Eh bien, c'est un bébé... Vous devez reconnaître que Maurice a agi comme un tyran, lors de notre première rencontre.

— C'était pour vous tester.

— Oh !

— Et vous avez été reçue à l'examen.

— Votre façon de parler... Etait-ce aussi un test ?

— Non, je pensais ce que je disais, répondit-il franchement.

— Et vous recommenceriez, je suppose, reprocha-t-elle d'un ton amer, s'apercevant à quel point il pouvait la blesser.

— Dans les mêmes circonstances, oui.

Meredith se détourna. La peine qu'elle éprouvait la poussait à s'éloigner de lui, le plus loin possible. Il posa la main sur son épaule.

Comme hypnotisée, Meredith se raidit. Seules ses pupilles trahissaient l'émotion qu'éveillait la voluptueuse douceur de ce contact.

— Mais j'ai appris à vous connaître, depuis ce premier jour.

Une voix appelait Dane. Sans ôter sa main, il fit demi-tour et, accompagné de Meredith, rejoignit un groupe d'invités. Il ne se souciait pas des regards entendus qu'on leur lançait.

La soirée passa comme dans un rêve pour Meredith. Peut-être à cause de la splendeur tropicale de la nuit, peut-être grâce à l'atmosphère détendue par le vin et la bonne chère, tout se déroula sans heurts. Ils dansèrent sur la terrasse. Meredith, légèrement engourdie, observait Dane charmer, sans aucun effort, toutes les femmes présentes.

Il était inutile d'essayer de se persuader qu'elle ne succomberait pas elle-même. Les hommes comme Dane, foncièrement honnêtes et passionnés, étaient peu nombreux, alors que les femmes qui les aimaient étaient légion. Grâce à Ginny, Meredith savait qu'il trouvait cette adoration lassante. Sachant à quoi s'en tenir sur la nouvelle attitude de son cousin, elle prit la décision de ne pas relâcher son attention.

Elle fut pourtant dangereusement près de se trahir lorsqu'ils dansèrent ensemble. Meredith eut besoin de toute sa volonté pour ne pas trahir l'émoi qu'il provoquait en elle.

— Meredith, ne dites rien, souffla-t-il en la rapprochant de lui.

Si elle ouvrait la bouche, elle s'adresserait à l'épaule de Dane. Il lui sembla que ce serait une excellente idée d'y poser sa tête mais, après le premier geste d'abandon, elle se redressa, affolée par l'émotion que ce mouvement avait éveillé.

— Fatiguée ? demanda-t-il.

— Oui, mentit-elle.

— Vous vous en sortez bien, douce cousine. Mais vous le savez, sans doute.

La note railleuse était de nouveau dans sa voix. Meredith eut l'impression d'avoir reçu un coup, mais elle trouva la force de répondre avec sa rudesse coutumière :

— Mon côté Fowler, sans aucun doute.

Dane rit et glissa ses bras derrière son dos, l'empêchant de s'éloigner.

— Sans aucun doute. Cette pauvre Dinah vous a vraiment donné un complexe à notre sujet, n'est-ce pas ?

Meredith chercha Ginny du regard. Cela l'aida à se rappeler qu'elle observait la femme que Dane avait l'intention d'épouser. Sans quoi, elle se serait laissée aller au désir qu'elle éprouvait de poser la tête sur l'épaule de Dane, de s'abandonner au désir qui la submergeait.

— Peut-être, répondit-elle. Je préfère ne pas parler d'elle.

— Vous m'avez interrogé à son sujet, tout à l'heure.

Piquée au vif, elle leva la tête et vit une lueur amusée dans ses yeux.

— Vous... Vous étiez accessible, alors. Pas... **Pas** sarcastique et supérieur.

La bouche dure se détendit dans un sourire moqueur, mais non dépourvu de gentillesse.

— Quel mauvais caractère vous me donnez !

— Vous pouvez difficilement vous attendre à ce que je vous aime ! observa-t-elle, agacée.

— Oui, en effet. Mais je ne vous laisse pas indifférente, si je ne me trompe ?

— Que voulez-vous dire ? balbutia-t-elle en pâlissant.

— Ne soyez pas sotte. Je sens votre cœur battre contre ma poitrine.

— Ce n'est qu'une réaction physique, répliqua-t-elle en rougissant. De ce point de vue là, en effet, vous ne me laissez pas indifférente.

— Détendez-vous, conseilla-t-il avec nonchalance. Pour une femme aussi expérimentée, vous êtes remarquablement pudique ! Vous réagissez comme une adolescente timide.

— Je crois... je crois que vous cherchez à me troubler.

Elle fixait le sol pour qu'il ne puisse voir à quel point ces mots l'avaient blessée.

— Et j'y parviens, à en croire cette rougeur, murmura-t-il tout contre son oreille. Est-ce l'idée que je pourrais vous séduire qui vous effraie tant ? Vous avez agréablement réagi à mes caresses. Je suis persuadé qu'avec votre expérience, vous pourriez très bien vous satisfaire de moi.

— Voulez-vous cesser ! siffla-t-elle. Je ne voudrais... Je ne pourrais...

Désespérée, elle lança :

— Vous allez épouser Ginny Moore !

— Pourtant, on ne le dirait pas...

Tout en parlant, il désignait Ginny et son partenaire. Ils dansaient tellement près l'un de l'autre qu'ils semblaient soudés. Abasourdie, Meredith soutint le regard de Dane, mais n'y vit qu'une lueur moqueuse.

— Mais elle disait...

— Vraiment ?

Il avait soudain l'air en colère, à tel point qu'elle s'écarta légèrement. Mais il la rapprocha plus près encore, comme si sa patience était à bout.

— Elle n'avait pas le droit de le supposer.

— Mais grand-père m'a laissé entendre que vous étiez pratiquement fiancés.

— Ah ? Depuis quelque temps, Maurice pense qu'il est temps que je me marie. Ginny était sur les rangs.

— Ne pensez pas pouvoir ajouter mon nom à la liste ! laissa échapper Meredith. Je ne suis pas disponible, ni maintenant ni jamais !

— Jamais est un bien grand mot !

Meredith fut tellement soulagée, lorsque la musique cessa, qu'elle laissa Dane lui entourer la taille d'un bras. Ils se dirigèrent vers Maurice, qui remarqua les joues écarlates et les yeux brillants de sa petite-fille.

— Vous avez l'air d'avoir chaud ! fit-il remarquer.

— Non... Je me suis simplement disputée avec Dane.

Elle ne manqua pas de voir le regard perçant de Maurice, ni la façon dont sa bouche se détendit dans un sourire, et les soupçons qui avaient pris naissance pendant qu'elle dansait avec Dane se muèrent en certitude. Les deux hommes avaient un projet en tête, et elle était presque certaine de le connaître, bien qu'elle refusât d'y croire.

Elle les dévisagea l'un après l'autre. Maurice avait une expression satisfaite, Dane était plus réservé que jamais.

— Si vous voulez bien m'excuser, fit-elle avant de s'éloigner.

Elle traversa la foule des invités. Disparue, la vigilance dont ils avaient toujours fait preuve. Ils avaient attendu de mieux la connaître et pensaient y être arrivés maintenant. Jamais ! pensa rageusement Meredith. Son air résolu lui donnait une beauté hautaine qui la faisait ressembler à Dane et son grand-père.

— Quelque chose ne va pas ? s'enquit Mary Lamont alors qu'elles se trouvaient au vestiaire.

Meredith sursauta, puis se détendit.

— Non. Je suis très en colère contre Dane et Maurice, mais, à part cela, tout va bien.

Meredith aimait bien Mme Lamont. Elle sentait instinctivement qu'on pouvait lui faire confiance. A cet instant, Dinah manquait terriblement à Meredith et quelque chose, dans cette femme, lui rappelait sa mère.

— Oui, cela arrive, approuvait Mary en souriant à son reflet dans le miroir. Même les hommes les meilleurs peuvent se montrer exaspérants.

— Personne ne pourrait dire de ces deux monstres qu'ils sont les meilleurs des hommes ! s'écria Meredith.

— Ma chère, vous vous y prenez très bien avec eux. Il est évident que Maurice est fier de vous et... Pourquoi choisir mes mots avec tellement de soin ? Je suis persuadée que vous préférez parler franchement. Dane n'est jamais très facile à cerner, mais je suis convaincue qu'il vous respecte. C'est important, vous savez.

— Quand il ne joue pas le rôle de tyran, sans doute.

— Il est tellement autoritaire ! soupira Mary en se parfumant. C'est un trait particulier des Fowler, et il ne sert à rien de le combattre. Vous en avez hérité, n'est-ce pas ?

— Autoritaire ? bégaya Meredith. Moi ?

— Oui, vous. Combien de jeunes filles de dix-neuf ans auraient pu organiser une telle réunion ?

— Mais... J'étais terrifiée... Vraiment, vous savez.

— Vous voyez ? Vous avez trouvé cela effrayant, mais vous avez fait face. Oh, vous serez une épouse merveilleuse pour... pour n'importe quel homme, conclut-elle en s'éloignant.

Elle avait voulu dire pour Dane, se dit Meredith en retouchant son maquillage. Etre l'épouse de Dane ! Connaître la joie de se soumettre à son désir ! Ses yeux s'assombrirent tandis que des images violentes, sensuelles, traversaient son esprit. Ce serait sans doute une solution très satisfaisante : on prendrait soin d'elle, Mark aurait un père, Dane aurait une épouse complaisante, efficace, Maurice mourrait heureux de savoir son empire en bonnes mains.

La lune, comme un croissant d'argent, se levait lorsqu'ils partirent pour Lautoka. La majorité des invités se tenait sur le pont. L'un des plus jeunes prit une guitare et se mit à l'accorder. Pressé de toutes parts, il se mit à chanter, bientôt imité par tous, y compris l'équipage.

Après des airs modernes ou folkloriques, ils terminèrent sur le plus connu des chants australiens, *Waltzing Matilda*.

Isa Lei, entonné par l'équipage, amena des larmes dans les yeux de Meredith. La voix de basse des hommes accompagnait le timbre haut et clair des femmes. Meredith avait déjà entendu plusieurs fois ce chant d'amour fidjien. A son grand plaisir, elle s'aperçut qu'elle commençait à en comprendre les paroles. Les heures passées à parler un fidjien hésitant avec Litia et Renadi n'avaient pas été perdues.

Enfin, tout fut calme. Le silence régnait dans les chambres des invités. Meredith jeta un coup d'œil sur sa montre. Elle avait le temps de dormir six heures avant de passer une nouvelle journée épuisante. Le lendemain soir aurait lieu la grande réunion prévue avant le départ des invités.

Au moins, ses occupations l'empêcheraient de ressasser les soupçons éprouvés pendant cette soirée. Meredith était tellement épuisée qu'elle ne put se rappeler comment elle avait gagné son lit.

Ces soupçons se trouvèrent confirmés bien assez tôt, le lendemain matin. Accompagnée de Renadi et de Mark, plus bruyant que jamais, Meredith se rendit à la piscine. Elle espérait qu'une baignade dissiperait sa migraine. Dane se trouvait déjà dans le bassin. Il leva la main pour les saluer, mais poursuivit tranquillement sa baignade.

Un instant, Meredith combattit le lâche désir de s'éloigner, puis elle plongea. Quand elle regagna la surface, Mark hurlait « Moi aussi, moi aussi Meddy ! » et se préparait à sauter dans ses bras.

Ils jouèrent une dizaine de minutes avant qu'elle le remette à Renadi. Restant soigneusement loin de Dane, elle nagea un moment.

La journée s'écoula de la même façon. Elle essayait d'éviter de se trouver seule avec le jeune homme. Dane, bien sûr, devina très vite son jeu, mais il semblait approuver sa décision. Il doit se libérer gracieusement de Ginny, pensait méchamment Meredith. Cette femme semblait avoir trouvé une consolation dans la présence de l'un des jeunes administrateurs. Meredith ne doutait pas que le clan Fowler ait manipulé les choses : puisqu'il n'avait plus besoin de Ginny, il s'en débarrassait le plus gracieusement possible. Des pressions sournoises seraient probablement exercées sur Meredith, si elle se montrait récalcitrante.

Mais elle n'était pas Ginny ! Si Maurice et Dane avaient décidé qu'elle devait épouser Dane, ils s'apercevraient qu'elle était encore plus entêtée que le pire Fowler. Ils ne pourront pas m'amener de force devant l'autel ! pensait-elle, déterminée. Mais Mark était une arme redoutable en leur possession, elle s'en rendait compte. De même que l'amour que, malgré elle, elle portait à Dane. Seulement, cela, ils l'ignoraient. Dane savait qu'il pouvait l'amener à le désirer, mais l'amour qu'elle éprouvait pour lui était un secret qu'il ne devait jamais découvrir, ou il n'hésiterait pas à s'en servir.

Comment pouvait-elle aimer cet homme aussi impitoyable ? Parce que, lui disait une petite voix intérieure, elle avait besoin de quelqu'un d'aussi fort qu'elle.

Meredith fut soulagée de voir le dernier invité quitter l'aéroport de Nadi, emmenant avec lui Ginny et sa mère. S'occuper de tous ces gens l'avait épuisée. Pourtant, elle les regrettait un peu. A présent, sans aucun doute, des changements allaient s'opérer.

Pourtant, la vie se déroula comme avant. Dane

travaillait. Il prenait l'avion pour Suva, l'Australie, les Philippines. Lorsqu'il était à la maison, il se montrait moqueur et distant, et passait de longues heures dans son bureau.

Maurice avait augmenté la rente de la jeune fille, malgré ses protestations. Il passait la plus grande partie de son temps à faire mieux connaissance de Mark. Lentement, insensiblement, Meredith se détendait. Elle s'était sans doute laissée aller à un espoir insensé. Les jours allongeaient, devenaient plus chauds à l'approche de l'été. Nuit et jour, les colombes roucoulaient dans les cytises.

Ginny se présenta un jour sans avoir annoncé sa visite. Mince et svelte, ses cheveux noisette étaient coupés à la dernière mode.

— J'ai fait faire cela à Sydney, dit-elle en réponse au compliment de Meredith. La mère de Sean va toujours chez ce coiffeur.

— Sean?

Les yeux froids effleurèrent le visage de Meredith.

— Sean McDermott. Il était ici avec la famille.

— Ah oui...

Sentant qu'elle avait été maladroite, Meredith reprit :

— J'ai bien peur que Dane soit toujours à Manille, et Maurice est allé rendre visite à ses fermiers.

— C'est vous que je voulais voir. Je constate que vous ne portez pas encore de bague.

— Pardon?

Meredith écarquilla les yeux.

— Oh, ne jouez pas les innocentes! Vous savez très bien de quoi je parle... A Sydney, tout le monde attend impatiemment les fiançailles.

— Alors, ils attendront longtemps, répliqua calmement Meredith.

— Ne me dites pas que vous n'étiez pas au courant?

Ginny se penchait en avant, le regard dur et méchant. Un mince sourire déformait ses traits hautains.

— Vous êtes vraiment stupide ! reprit-elle. Vous savez sûrement, maintenant, à qui vous avez affaire ? A moins que vous ne les considériez toujours comme le cousin Dane et le gentil grand-père !

Meredith pâlit sous le sarcasme. Elle maîtrisa sa répulsion instinctive.

— Je préférerais que...

— Ce que vous préférez n'a aucune importance ! Vous allez m'écouter, espèce d'intruse, même si cela vous déplaît ! Votre charmant grand-père — je tiens cela de Dane lui-même —, a décidé que vous seriez une excellente épouse pour son héritier. Et, parce que Dane est au moins aussi impitoyable que Maurice, il passera sur le fait que vous soyez fille mère... Oh oui, fit-elle en riant d'avoir fait mouche. Dane m'a parlé de ce petit problème, lorsque j'étais encore une candidate acceptable.

— Voulez-vous cesser ? explosa Meredith, ulcérée. Pour l'amour du ciel...

— Non ! Vous allez m'écouter jusqu'au bout. Chaque fois que Dane vous regardera, vous saurez qu'il vous méprise, et qu'il souhaiterait me voir à votre place. Oh, vous avez bien appris votre leçon : des promesses à chaque coup d'œil, à chaque mouvement... Mais Dane m'aime, moi ! Il m'a toujours désirée, mais j'ai toujours refusé de lui céder, comme les autres femmes qu'il a connues.

Chaque trait portait, empoisonné, douloureux parce que Meredith les savait vrais. Elle respirait difficilement.

— Je trouve cette conversation terriblement dégradante. Je vous...

— Dégradante ! s'écria Ginny avec un rire hystérique. Comment pourriez-vous être un peu plus dégradée ? Combien d'aventures avez-vous eues avant Dane ?

— Dane ?

Meredith releva brusquement la tête. Ginny souriait, d'un affreux sourire qui la rendait diabolique.

— Oui, Dane. Que vous êtes naïve ! Ignorez-vous que les domestiques sont bavards ? Il a été vu, idiote, et il le sait ! Tous les Fidjiens attendent votre mariage. Pourquoi donc croyez-vous qu'il ait pris cette décision ? Il est assez dur pour résister aux pressions de Maurice, mais son honneur passe avant tout, même l'amour... Comment était-ce ? Qu'avez-vous éprouvé lorsqu'il...

— Ginny, ceci est intolérable ! Cessez ! Je n'ai pas l'intention d'épouser Dane !... Vous n'êtes pas bien, reprit-elle après un instant, effrayée par l'intensité fiévreuse du regard de Ginny, et par le tic nerveux qui faisait tressaillir sa mâchoire.

— Malade d'amour, fit Ginny, luttant visiblement pour retrouver son calme.

Après un moment, elle y parvint. Ses yeux retrouvèrent leur éclat normal.

— Vous n'avez aucun espoir, voyez-vous, reprit-elle d'un air étrangement lointain. Je me sens presque désolée pour vous. Je n'imagine rien de pire que d'être mariée à Dane, en sachant qu'il n'éprouve que du mépris pour vous. Vous vivrez un enfer d'humiliation et de douleur, pour que personne ne puisse mettre la main sur l'héritage que vous laissera Maurice.

— Maurice veillera à cela, répliqua Meredith, utilisant l'un des arguments avec lequel elle avait essayé de se rassurer. Dane n'a aucun besoin de se sacrifier.

— Vous ne voulez pas me croire, mais vous verrez, le moment venu. Oh, nous sommes tous très civilisés. Ils ont trouvé Sean pour moi, et je l'épouserai. Ainsi, je vous verrai très souvent, et j'assisterai à votre déchéance.

L'exultation méchante avec laquelle elle parlait horrifiait Meredith et lui faisait peur, mais elle ne pouvait s'empêcher d'éprouver une certaine pitié pour cette femme.

— Vous feriez mieux de rentrer chez vous, conseilla-t-elle. Je vais demander à Joe de vous reconduire.

— Attendez !

Ginny bondit sur ses pieds, et agrippa le poignet de Meredith.

— Vous ne me croyez pas, n'est-ce pas ? Vous verrez ! Vous vous croyez assez forte pour vous sortir de n'importe quelle situation, mais Dane est le diable en personne. Il se servira de votre amour pour lui...

Elle s'interrompit et éclata de rire devant la soudaine pâleur de Meredith.

— Mais oui, il le sait, petite idiote. Bien sûr, il le sait ! Il me l'a dit, avant même que Maurice ne se mette cette idée ridicule en tête. Il s'en servira, et vous obligera à l'épouser. Alors, vous saurez à quoi ressemble l'enfer, Meredith.

D'un geste aussi rageur qu'inattendu, elle leva la main et griffa de son ongle long et vernis, la peau tendre de la gorge de Meredith.

— En souvenir de moi, lança-t-elle en s'éloignant.

Lorsque le son de la voiture eut disparu, Meredith, tremblante, se mit à courir vers le jardin, comme si elle avait une apparition à ses trousses. Mark s'amusait avec ses jouets. A sa grande surprise, Meredith le prit entre ses bras et le serra contre elle, le visage enfoui dans les boucles brunes. Lentement, lentement, son cœur reprenait un rythme normal.

— Pleut ? interrogea Mark, inquiet.

— Non, je ne pleure pas.

Elle essaya de rire, mais son rire ressemblait dangereusement à un sanglot.

— Alors, joue avec Mark.

Meredith devant se forcer pour écouter le babillage de l'enfant. Pendant qu'elle était avec lui, l'image de Ginny ne surgissait pas devant elle. Cependant, elle dut prendre un somnifère, ce soir-là, pour éloigner le souvenir odieux de cette journée.

Le lendemain matin, elle avait les yeux lourds. Dane, de retour à la maison, lui sourit. Il avait l'air heureux de la voir. Meredith s'efforçait de calmer ses nerfs tendus. Elle devait être forte, ou sa vie deviendrait insupportable comme l'avait prédit Ginny.

— J'ai retenu une table au Mango, pour ce soir.

— Pourquoi ? demanda-t-elle en haussant les épaules.

— Parce que j'ai envie de vous emmener dîner. Disons que c'est une récompense pour vos efforts envers la famille.

— Je n'ai pas besoin de récompense. C'est mon travail.

— Alors, parce que c'est un caprice de ma part.

Sans aucun doute, pensa-t-elle, amère.

— Merci, Dane, mais... Non, dit-elle en s'écartant.

Dane sourit. Il lui saisit le poignet et le porta à ses lèvres ; le pouls désordonné de Meredith trahit son émoi.

— Mais si, douce cousine. Ou je viendrai moi-même vous chercher dans votre chambre.

Ce ton décidé agaçait prodigieusement Meredith. Le contact de la bouche de Dane contre sa peau la faisait frissonner. Elle se dégagea avec humeur.

— Ne soyez pas stupide, Dane. Je ne suis pas l'une de vos admiratrices pour me soumettre à vos caprices. Avez-vous été si rarement repoussé, pour ne pas reconnaître un refus ?

— Qu'est-ce que cette marque sur votre cou ?

Meredith eut l'impression qu'elle allait s'évanouir. Elle leva vivement la main pour cacher la marque rouge sur sa peau tendre.

— Rien, mentit-elle. Je... Je me suis griffée avec une branche, ajouta-t-elle. Ce n'est rien. Laissez-moi, Dane ! Si vous voulez inviter quelqu'un, invitez Ginny, elle est de retour !

— Ah, vraiment ?

Il avait parlé d'une voix égale, mais ses traits s'étaient durcis. Attirant Meredith vers lui, il pencha la tête pour examiner l'égratignure.

— Avez-vous mis quelque chose là-dessus ?

— Oui. Tout va bien, je vous assure !

— Alors, soyez prête à sept heures.

Il se pencha et déposa de doux baisers sur la gorge de

Meredith. La jeune fille se sentit parcourue par une vague de désir. Pivotant sur ses talons, elle courut chercher refuge dans sa chambre.

Il était facile de dire non, mais impossible d'obliger Dane à accepter sa décision. Au besoin, il viendrait la chercher, comme il l'avait dit. Une sensation d'anxiété envahit Meredith. Etait-ce ainsi que Dane espérait l'amener à l'épouser ? En se moquant de son opinion ?

Elle n'avait que les horribles insinuations de Ginny pour croire qu'il pensait à ce mariage, songea-t-elle, ignorant le profond malaise qu'elle avait éprouvé avant le retour de la jeune femme. Après cette horrible scène, personne ne pouvait traiter Ginny de personne équilibrée ! Du début à la fin, elle s'était conduite de façon insensée. Mais Renadi devait avoir vu Dane quitter la chambre de Meredith et, avec le bon sens pratique des Fidjiens, elle en avait conclu qu'ils étaient amants.

Comment Ginny avait-elle appris cela ? Etait-ce Dane qui lui en avait parlé ? Sûrement, car il était peu probable que les domestiques de Maurice aient bavardé. Ainsi, Dane avait ri avec Ginny, parce que sa petite cousine était amoureuse de lui ? Parfait ! Elle lui prouverait qu'elle était capable de maîtriser ses sentiments envers lui !

Meredith choisit une robe au bustier décolleté, dont la jupe moulait parfaitement son corps souple. Elle tira ses cheveux en arrière, dans un style plus sévère que sa coiffure habituelle, et qui la faisait paraître plus âgée. Elle se maquilla très soigneusement, cachant l'égratignure sous du fond de teint, et enfila une bague de rubis sertie d'or.

Un pli barra son front tandis qu'elle étudiait son reflet dans le miroir : ce bustier, bien que parfaitement décent, était trop décolleté !

Après une rapide recherche dans sa boîte à bijoux, elle trouva ce qu'elle cherchait : un ravissant tour de cou au dessin délicat, qui attirerait certainement l'attention.

Une touche de parfum, et elle fut prête. La tête haute, elle se dirigea posément vers le salon.

— Anne Boleyn sur le chemin du billot, lança Dane avec un regard appréciateur qui la fit rougir. Ou peut-être Mary, reine d'Ecosse ?

— Elle était rousse.

— Elle n'a pas eu de chance, murmura Dane d'un ton léger. Pauvre Mary ! Trop d'amants ne valent rien, même à une reine !

Meredith pâlit sous son maquillage, mais son regard ne cilla pas. Elle sourit à Maurice qui, les sourcils froncés, les observait.

— Vous avez l'air de mauvaise humeur, lui dit-elle.

— Je le suis. Vous n'avez pas lésiné sur le maquillage, ce soir...

— C'est pour me prouver que je ne lui fais pas peur, constata Dane avec justesse.

— Peintures de guerre... De mon temps, aucune femme respectable ne se serait montrée ainsi.

— De nos jours, les femmes respectables et les femmes de petite vertu ont la même apparence.

Dane souriait. Ses yeux d'ambre se moquaient de la colère impuissante de Meredith.

— Allez-vous bien, grand-père ? Préféreriez-vous que je reste ici ?

— Pas de zèle ! ordonna-t-il avec humeur. Vasilau s'occupe de moi mieux que vous ne le ferez jamais. Allez, partez ! Je suis heureux de passer une soirée tranquille, pour une fois.

— Eh bien, bonne nuit ! souhaita Meredith en l'embrassant impulsivement. Mais si vous gardez l'air aussi renfrogné, vous finirez par avoir des rides.

— Insolente ! dit-il en riant. Amusez-vous bien.

Le *Mango* était la discothèque de l'un des grands hôtels de Nadi. La nourriture y était excellente, l'orchestre discret. Meredith regarda autour d'elle avec intérêt tandis qu'on les conduisait à leur table. Dane, visiblement, était un habitué de l'endroit. Il est sans aucun doute venu souvent, accompagné de Ginny, songea Meredith, alarmée par la jalousie intense qui l'envahissait à cette pensée.

— Une boisson ? proposa Dane en s'adossant confortablement.

— Oui, merci. Un sherry.

— Je suis heureux que vous n'ayez pas pris l'habitude des cocktails, reprit-il après le départ du serveur. Ils ruinent le palais avant un bon repas.

— Ah, vraiment ?

Le sherry était sec, clair et râpeux sur sa langue.

— Mais oui.

Avec un sourire étincelant, il lui montrait qu'il était conscient du défi muet qu'elle lui lançait. Comme si elle n'avait aucune volonté propre, il choisit lui-même le menu de Meredith, ce qui augmenta l'irritation de la jeune fille.

— Bannissez cette expression maussade et venez danser, ordonna-t-il.

De nombreux couples évoluaient sur la piste de danse, de la taille d'un mouchoir de poche. Dane attira la jeune fille près de lui et posa les deux mains sur sa taille. Effrayée, elle leva les yeux.

— Mettez les mains sur mes épaules, vous serez mieux, sourit-il.

C'était presque une étreinte ; les mains de Meredith reposaient sur les larges épaules de Dane tandis que les siennes, détendues mais fermes, enserraient la taille fine. Le visage de Meredith se figea en un masque impassible, tellement elle désirait maîtriser les sensations que lui causait la proximité du jeune homme. D'un geste presque tendre, il l'attira plus près de lui et posa la joue sur son front. Meredith, à ce geste, se laissa aller plus gracieusement contre lui.

Aussitôt, il cessa de danser.

— Nous allons bientôt être servi, fit-il avec un sourire moqueur. Voulez-vous regagner notre table ?

Et voilà, pensa confusément Meredith. Son sentiment de frustration devait se deviner à son expression, mais elle s'efforça de ne pas laisser voir à quel point ce jeu cruel la blessait.

Dane se montra courtois et amusant pendant le repas. Il l'écoutait parler avec un intérêt réel. Intelligent, d'une largeur d'esprit peu commune, c'était un excellent compagnon. Peu à peu, Meredith oubliait sa prudence et parlait librement.

Il se leva plusieurs fois pour parler à des gens qui venaient le saluer. Il présentait Meredith comme sa cousine, et son air narquois donnait à la jeune fille l'envie de le battre. A quoi jouait-il ? se demandait-elle. Dans l'atmosphère tamisée, il était difficile de déchiffrer son expression. Il ne pouvait donc voir la sienne, lui non plus. Mais il était assez fin pour juger ses réactions aux mouvements de ses mains, aux inflexions de sa voix qu'elle essayait de garder le plus neutre possible.

Il était comme une drogue dans son sang. Meredith avait l'impression que du champagne pétillait dans ses veines, bien qu'elle n'ait bu qu'un verre de vin. Lorsqu'il l'aida à se lever, tout tournoyait autour d'elle. Elle avait la tête lourde. Je suis ivre, pensa-t-elle, horrifiée.

— Non, vous ne l'êtes pas, dit-il, renforçant sa conviction d'avoir parlé à voix haute. Un peu étourdie, peut-être, mais cela va disparaître. Venez danser encore une fois, et je vous ramènerai à la maison.

Cette fois-ci, elle se laissa aller contre lui, comme si elle en avait le droit, et Dane resserra son étreinte.

— Meredith ! souffla-t-il.

Elle releva la tête, et il caressa son front de ses lèvres. Une vague de désir la submergea. Les flammes qui brûlaient dans le regard de Dane l'engloutissaient, paralysant toute pensée, toute manifestation de bon sens. Chancelante, Meredith ferma les yeux.

— Ne vous endormez pas sur mon épaule, railla-t-il.

Lentement, elle souleva les paupières, et rencontra la lueur froide et amusée des yeux d'ambre.

— Que faites-vous ? souffla-t-elle.

— Je vous ramène, répliqua-t-il, se méprenant délibérément sur le sens de sa question.

Arrivés à la maison, Dane raccompagna la jeune fille jusqu'à la porte de sa chambre.

— Vous avez l'air épuisé. Dormez tard, demain.

— Oui... Bonne nuit, Dane, et merci.

— Ah, encore une chose, fit-il en la retenant.

— Non ! s'écria-t-elle. Non ! Je ne veux pas que vous m'embrassiez !

— Il vous faudra le supporter, car j'en ai très envie.

— Je détesterais cela !

— Ne jouez pas les héroïnes ! conseilla-t-il en riant. Cela vous plaira.

Sa bouche était ferme, le baiser passionné. Meredith gémit doucement. La douleur et l'extase étaient tellement mêlées qu'elle ne savait où commençait l'une et où finissait l'autre. Enfin, il releva la tête.

— Vous êtes livide. A cause de quoi ?

— De vous.

— Sottises. Répondez-moi, Meredith.

— J'ai mal à la tête, capitula-t-elle. Cela m'arrive parfois. Mais ça passera si je dors.

— Pauvre bébé, se moqua-t-il tendrement. Trop d'émotions ne vous valent rien.

Avant qu'elle ait pu protester, il l'avait soulevée dans ses bras. Il était délicieux de reposer la tête au creux de son épaule, de laisser Dane prendre les décisions. Si elle cessait de lutter, sa vie serait toujours aussi simple : on prendrait les décisions à sa place, et il lui suffirait de se montrer docile. Meredith connaissait assez Dane pour se rendre compte qu'il avait confiance en son pouvoir de la garder enchaînée par des liens qu'elle ne voudrait jamais rompre.

Pour la première fois, la jeune fille admettait avoir peur de Dane. La nature impitoyable qu'elle devinait en lui la stupéfiait ; elle ne comprenait pas sa force, tellement disciplinée qu'il pouvait abandonner la femme qu'il avait eu l'intention d'épouser pour envisager, sans scrupule, une relation sans amour.

116

Elle tremblait lorsqu'il la déposa sur son lit. Non, elle ne pourrait pas l'épouser! L'amour n'apporte le bonheur que s'il est partagé, et il était aussi vain d'espérer voir Dane l'aimer que d'imaginer de la neige aux Fidji.

— Je vais vous envoyer Renadi, souffla-t-il. Avez-vous des comprimés?

— Dans l'armoire de la salle de bains. Ces migraines deviennent une habitude, expliqua-t-elle d'une voix assourdie.

— La tension a de curieux effets sur les gens, répliqua-t-il avant de la laisser.

Lorsque Meredith eut avalé ses cachets, Renadi l'aida à se dévêtir. Très vite, elle sombra dans l'oubli.

— Qu'est-ce que cette histoire de mal de tête? s'enquit Maurice d'un ton méprisant le lendemain matin.

— C'est passé, de toute façon.

— Vous aviez trop bu, sans doute.

— Non, je n'ai pas trop bu! Demandez à Dane, si vous voulez!

— Au fait, il a laissé un message pour vous. Il doit aller voir le régisseur d'une exploitation, et pensait que vous aimeriez l'accompagner.

Meredith fit semblant de réfléchir.

— Non, je ne crois pas. Je n'ai pas beaucoup vu Mark, ces jours-ci. J'aimerais rester avec lui.

— Amenez-le. La route est bonne, et ce n'est pas très loin. Et les Anderson ont des enfants.

Meredith essaya de prendre un ton railleur.

— Dane pourrait refuser. Emmener un enfant de deux ans pour un voyage en voiture n'est pas toujours facile…

— Il en est conscient. Mais, que vous y alliez ou non, il emmène Mark. A présent, allez enfiler quelque chose de plus convenable que ce short!

— Oui, c'est vrai. Je ne dois pas oublier qui je suis, rétorqua-t-elle, amère.

— Si vous n'aimez pas ce système, Meredith, partez!

lança-t-il avec impatience. Dans la vie, rien n'est gratuit.

— Cela m'est égal de payer ! Mais je déteste que l'on me donne sans cesse des ordres, comme… comme à une idiote !

— Quand vous ferez preuve d'un peu de bon sens, cela cessera.

— Vraiment ! Que veut dire « faire preuve de bon sens » ?

— Si vous l'ignorez, je ne peux pas vous l'apprendre.

— Non, bien sûr !

Elle s'éloigna à grands pas. Pour une fois, elle était aveugle aux cabrioles effrontées des oiseaux gris et rouges qui voletaient d'arbre en arbre. Elle sentait le piège se refermer sur elle.

Maurice avait raison, la route était excellente. En toute autre occasion, Meredith aurait apprécié le paysage, les chemins bordés de manguiers, les enfants vêtus d'uniformes impeccables.

— Comment font-ils pour rester propres ? s'étonnat-elle. Les vêtements de Mark sont toujours sales au bout de dix minutes !

— Je ne sais pas. Les Indiens et les Fidjiens sont des gens extrêmement soignés.

Meredith hocha la tête. Elle se retourna vers Mark, confortablement installé dans un siège d'enfant.

— Content, mon chéri ?

Il lui adressa un sourire éclatant.

— Heureux, Meddy ?

— Oui, très heureuse.

— Vous n'en avez pas l'air, murmura Dane en lui lançant un regard en coin. Vos migraines vous donnent-elles toujours cet air las ?

— Toujours ! Au fait, je ne vous ai pas remercié de m'avoir envoyé Renadi, hier soir.

— Je vous en prie. J'étais tenté de vous mettre au lit moi-même, mais j'ai pensé que vous seriez moins embarrassée si je laissais ce soin à une personne neutre.

Meredith, les yeux fixés sur la route, tenta de dissimuler la rougeur qui colorait ses joues.

— Vous avez eu raison. Dane... Parlez-moi de vos parents.

— Mes parents ?

L'inflexion étrange de sa voix attira l'attention de Meredith.

— Mon père est mort lorsque j'avais huit ans, à peu près. Je me souviens de lui comme d'un visiteur occasionnel, qui faisait pleurer ma mère. C'était un alcoolique.

Sa voix égale ne trahissait aucune émotion, mais Meredith avait le cœur serré.

— Je suis désolée, souffla-t-elle.

— C'était il y a longtemps. Maurice est intervenu. Ma mère et lui eurent des disputes épiques à propos de mon éducation, mais ils trouvèrent un compromis. J'ai grandi en considérant la maison de Maurice comme mon second foyer. Ma mère est morte il y cinq ans. Elle s'était remariée, et a vécu des années heureuses avant sa mort. Voilà l'histoire de ma famille. Et la vôtre ?

— Je... Pardon ?

— J'ai la très nette impression que vous avez passé sous silence de grands moments de votre vie.

— Vous n'espérez tout de même pas que je vous raconte ma vie en détail, si ?

— Non. Mais vous avez été si discrète... Vous êtes très réservée, n'est-ce pas ?

Une crainte aiguë envahissait Meredith. Elle se retint de jeter un coup d'œil à Mark.

— Que voulez-vous savoir ?

— Les circonstances de la conception de Mark m'intéressent beaucoup, répliqua-t-il.

Le choc et le désespoir déjà éprouvés firent garder le silence à Meredith. Il faisait très chaud, malgré l'air conditionné.

— Je n'ai pas envie de satisfaire votre curiosité.

— Et vous m'en voulez d'enquêter sur un sujet aussi

délicat, ajouta-t-il avec un sourire. Mais je le trouve très important.

— Pourquoi ? souffla-t-elle sans oser le regarder.

— Oh, disons que certains détails ne s'accordent guère.

Le silence qui suivit intimidait Meredith. Elle se sentait presque contrainte de l'interroger :

— Pourquoi avez-vous engagé Don Poole ? C'est vous, n'est-ce pas ?

— Oui, admit-il. Heureusement, il s'en sort très bien. C'est un jeune homme plein d'avenir, d'après Lamont.

— Ne me racontez pas d'histoires ! fit-elle d'une voix tremblante.

— Pourquoi pas ? Vous m'en avez raconté dès votre arrivée.

— J'avais de bonnes raisons, murmura-t-elle.

— J'ai engagé le jeune Poole parce que, après l'étreinte que j'ai surprise à Hibiscus Island, j'ai pensé que l'on aurait peut-être besoin d'un mari.

Meredith avait l'impression d'étouffer. Ainsi, Dane pensait toujours à elle comme à une femme légère ! Peut-être, après tout, ne se doutait-il de rien, pour Mark.

— Je vois, constata-t-elle avec raideur. Prévoyant, comme toujours. Mais vous ne saviez pas qui j'étais, ce soir-là.

— J'avais vu votre nom sur le registre.

— Je vois, répéta-t-elle.

— J'en doute. Mais nous arrivons. Cessons cette intéressante discussion.

9

La voiture cahotait le long d'une piste bordée de cytises qui grimpait sur une colline. Dane s'arrêta à mi-pente, dans une oasis de végétation.

Meredith apprécia immédiatement les Anderson et leur attitude détendue face à la vie. Keith Anderson aimait son travail, savait qu'il le faisait bien et, avec une magnifique confiance en lui, le poursuivait. Il ne témoignait de déférence à personne, pas même à Dane, et Meredith fut étrangement soulagée de voir que son cousin appréciait la franchise de Keith.

Loïs Anderson était, comme toutes les femmes, consciente du magnétisme viril de Dane, mais elle était assez assurée de l'amour de son mari pour taquiner gentiment son patron. Ils avaient deux enfants, une petite fille autoritaire qui prit immédiatement Mark sous son aile, et une autre, d'un an environ, qui passait son temps à quatre pattes sur le plancher.

— C'est le seul moyen qu'elle connaisse, la défendait gaiement Loïs. Elle va aussi vite que n'importe qui... Non, ne souris pas à Dane, il s'est moqué de tes efforts ! Dane, y a-t-il quelque part une femme capable de vous résister ?

— Beaucoup, rétorqua-t-il. Meredith, par exemple, me trouve insupportable.

Le regard malicieux de leur hôtesse effleura Meredith.

— Oui, je comprends... Pourquoi ne resteriez-vous

pas ici cette nuit ? proposa-t-elle. Nous pourrions aller à la Mission ? Meredith adorerait cela, j'en suis sûre ! Allons, Dane !

Les yeux d'ambre cherchèrent le regard de Meredith, puis Dane haussa les épaules.

— Pourquoi pas ? Meredith n'a encore rien vu des Fidji. Une excursion à Rakiraki lui permettra de connaître la partie humide de l'île.

La soirée qu'ils passèrent fut peut-être la plus agréable que Meredith ait vécu depuis son arrivée. Avec les Anderson, Dane se montrait détendu, spirituel, absolument charmant. Pour la première fois depuis qu'elle vivait chez son grand-père, Meredith avait abandonné sa réserve habituelle. Keith et Loïs faisaient preuve d'intérêt à son égard, mais ils ne montrèrent rien de la curiosité indiscrète que la présence de la jeune fille semblait inspirer à tous.

Les deux voitures partirent très tôt le lendemain matin, avant même le lever du soleil, et se glissèrent sur les routes silencieuses. Sur la gauche luisaient les dangereux hauts-fonds de la Bligh Water.

— Pouvons-nous voir l'autre île, d'ici ? s'enquit Meredith.

— Non, nous sommes trop bas.

— Dane, parlez-moi de la Mission. Je n'ai pas eu l'occasion de poser des questions hier soir, et elle a l'air spéciale.

— Je préférerais que vous la découvriez par vous-même, fit-il après un silence. Cela ne vous fait rien ?

— Mais... Non, bien sûr.

Pourtant, Meredith était surprise. Elle se cala confortablement sur son siège pour admirer le paysage. Dane, très bon guide, lui faisait remarquer les sites intéressants.

Quand il se mit à faire plus chaud, ils firent une pause près d'une tombe carrée. Le chef qui y était enterré, expliqua Dane, était un cannibale redoutable.

Après avoir dépassé l'hôtel de Rakiraki, ombragé par un immense banian, ils poursuivirent leur route.

Meredith n'avait jamais vu de végétation plus verte, plus luxuriante.

Les collines bordaient maintenant la côte. La route n'était séparée de la mer que par un champ de riz ou une rangée de palétuviers. Ils dépassèrent une immense baie, et obliquèrent pour prendre une piste qui grimpait presque tout droit sur une colline, et aboutissait devant une église de pierres.

— La Mission de Novanibitu, annonça Dane en lui tendant un foulard.

Le silence régnait sur l'esplanade. L'endroit semblait désert. Doucement, Meredith imposa silence à Mark. Elle se sentait intimidée par la paix infinie qu'elle sentait ici.

L'intérieur de l'édifice lui coupa littéralement le souffle. Les bancs étaient remplacés par de merveilleuses nattes aux bordures colorées. Le mur de l'autel était orné d'une fresque splendide. Le Christ Noir veillait sur le lieu saint, majestueux, énigmatique. Il était entouré de Fidjiens qui portaient des offrandes.

Deux autres fresques montraient le Christ jeune, travaillant avec son père, et Marie visitée par l'Ange, alors qu'elle tissait.

— C'est... C'est comme une légende, souffla Meredith. Qui était l'artiste ?

— Jean Charlot, répondit Dane.

Loïs et lui, à tour de rôle, lui expliquèrent le symbolisme des peintures. Mark, silencieux et absorbé, était appuyé aux jambes de sa sœur et contemplait avidement les dessins. Au bout de quelques minutes, Keith avait amené ses enfants dehors, et on entendait leurs voix dans la douceur de l'air. A travers la porte ouverte, on apercevait la mer bordée de palmiers.

Ils prirent le chemin du retour beaucoup plus tard que prévu.

— Merci de m'avoir amenée ici, dit Meredith.

— Ce fut un privilège.

Dans la bouche d'un autre, ces mots n'auraient eu aucun sens, mais Meredith était convaincue que Dane l'avait vraiment considéré ainsi. Avec un soupir, elle s'adossa à son siège.

Meredith fut réveillée par le grésillement de la radio. Avec un bâillement, elle s'assit. Dane parlait d'une voix étrangement tendue.

— Oui... Nous y serons dans une demi-heure. Avertissez-le.

— Que s'est-il passé ? s'enquit-elle lorsqu'il reposa le micro.

— Maurice vient d'avoir une attaque cardiaque, répondit-il d'une voix blanche. Le docteur dit qu'il n'y a guère d'espoir. Il est à l'hôpital de Lautoka.

— Qui appelait ? souffla-t-elle.

— Vasilau. Il pense que nous ferions mieux d'y aller le plus vite possible.

— Je vois...

— Pour l'amour du ciel, ne prétendez pas éprouver un chagrin que vous êtes loin de ressentir ! explosa-t-il, comme si cette réponse l'avait rendu furieux.

— Vous me méprisez vraiment, n'est-ce pas ? répliqua Meredith d'une voix dure. Vous dites que je me conduis légèrement, mais vous n'êtes pas irréprochable ! Sachez que je n'ai pas envie de voir Maurice mort ! Je ne l'aime pas, mais je le respecte ! Je n'aimerais pas vous voir mort, conclut-elle, et dieu sait que je n'éprouve ni amour ni respect pour vous !

— Vous vous sentez sans doute mieux maintenant ? Taisez-vous et laissez-moi me concentrer.

Dane maniait le véhicule comme un professionnel. Sans prendre de risques inutiles, il maintenait une vitesse supérieure à la limite autorisée. Meredith eut l'impression qu'il ne leur fallut que quelques minutes pour atteindre l'hôpital.

Elle avait honte de s'être montrée agressive. Dane méritait ce qu'elle lui avait dit, mais c'était la douleur qui l'avait rendu cruel, cette fois. Elle aurait dû comprendre, au lieu de se conduire comme une enfant capricieuse.

— Il voudra sûrement voir Mark, lui dit simplement Dane lorsqu'ils pénétrèrent dans le bâtiment.

Maurice était couché sur le lit étroit, les yeux rivés sur la porte.

— Il est temps, souffla-t-il. Fais... sortir ces gens.

Tous, sauf Vasilau, quittèrent la pièce.

— Bien... Meredith... Promets-moi...

— Oui.

Maurice sourit presque.

— Toujours découvrir... quoi, d'abord. Epouse Dane... Maintenant !

— Grand-père...

— Je veux... que Mark ait un père... Dane... Dane !

— Elle m'épousera, promit Dane en serrant très fort le bras de Meredith. N'est-ce pas, Meredith ?

Vaincue, elle hocha la tête.

— Oui, grand-père, je l'épouserai. Maintenant, essayez de vous reposer.

— Maintenant ! insista Maurice d'une voix plus rauque. Vasilau...

Le domestique fit aussitôt entrer un pasteur visiblement désorienté. Meredith avait la curieuse impression de vivre un rêve. Elle se retenait au bras de Dane, consciente du regard impérieux que le vieil homme fixait sur elle.

— Dane ? souffla-t-elle.

Il était terriblement lointain, absorbé par un papier que Vasilau venait de lui remettre. Il prit Mark des bras de sa sœur et le tendit au Fidjien. Ses yeux d'ambre, aussi froids que de la glace, interdisaient à la jeune fille de protester ou de poser des questions.

— Ma chérie, dit-il doucement. Je sais que ceci n'est pas le mariage que nous aurions tous deux désiré, mais nous devons le célébrer ici, pour que Maurice soit présent.

— Dane... Je... Oui.

Meredith savait à présent que ceci était la conclusion inévitable des événements qui s'étaient déroulés depuis son arrivée aux îles Fidji.

La cérémonie fut brève, la bague une chevalière prise au doigt de Dane. Puis tout le monde sortit. Maurice reprit :

— Je ne pouvais pas faire beaucoup... pour Dinah. Faible et entêtée. Vous... réussirez. Vous et Mark... Avec Dane.

Les yeux fixés sur l'enfant, il baissa les paupières. Il semblait dormir. Bouleversée, Meredith sentit les larmes perler à ses cils. Impitoyable jusqu'à la fin, le vieil homme était mort comme il avait vécu, en imposant sa volonté à son entourage.

— Adieu ! souffla-t-elle sans se rendre compte qu'elle parlait à voix haute.

La main de Dane se détendit légèrement sur son bras. Elle se tourna vers le profil viril, qui semblait sculpté dans de la pierre.

— Appelez le docteur ! ordonna-t-il.

— Il est trop tard, remarqua Vasilau.

— Je sais, mais appelez-le tout de même.

De retour à la maison, Meredith confia Mark à une Renadi terriblement triste. A son doigt, l'anneau de Dane, trop large, pesait lourdement. Il était chaud lorsqu'il le lui avait passé au doigt, chaud de la chaleur de son corps. Soudain frissonnante, Meredith sortit sur la véranda.

Il faisait presque nuit lorsque Dane apparut.

— Buvez ceci, conseilla-t-il en lui tendant un verre.

— Je ne pense pas en avoir envie, chuchota-t-elle d'une voix assourdie. Dane, était-ce... Est-ce un mariage légal ?

— Oh, oui ! Il semble que Maurice ait obtenu la licence depuis plusieurs semaines. Il sentait qu'il allait bientôt mourir. Vous deviez le connaître suffisamment pour savoir qu'il ne laissait jamais rien au hasard.

L'amertume de sa voix la fit frissonner.

— Nous pourrions le faire annuler.

— Et prendre le risque de le voir revenir nous hanter ? Jamais ! Pourquoi cet air choqué ? Vous saviez qu'il voulait nous voir mariés.

— Et vous ?

— Servez-vous de votre bon sens, railla-t-il.

— Dès que vous avez jeté Ginny dans les bras de cet homme, j'ai su ce que vous alliez faire. Je vous méprise, Dane.

— Buvez, ordonna-t-il. Vous êtes bouleversée, ce qui n'est pas étonnant. Vous ne devez pas avoir l'habitude d'être manipulée. Oubliez tout ceci un moment. Je suis entré en contact avec l'Australie. Dès demain, j'aurais une liste de ceux qui assisteront aux funérailles. Les plus importants logeront ici, bien sûr. Pourrez-vous vous en charger ?

— Il faudra bien, n'est-ce pas ?

Dane tendit la main et lui souleva le menton. Son regard perçant scrutait le pâle visage épuisé. Il s'adoucit en remarquant les cernes profonds sous ses yeux, le tremblement à peine perceptible de sa bouche.

— Ne vous laissez pas affaiblir par cette mort, fit-il presque tendrement en la relâchant. Vous avez de la classe et de l'esprit, et il admirait ces deux qualités en vous, comme je les admire. Nous réussirons, Meredith.

— Avec un mariage sans amour ? Dane, je ne veux pas être liée à vous pour la vie entière !

Dieu me pardonne ce mensonge, pria-t-elle silencieusement.

— Je suis heureux que vous vous en rendiez compte. Nous sommes unis pour la vie.

— Mais nous n'avons pas besoin...

Balbutiante, elle sauta sur ses pieds. La fatigue la rendait maladroite, et le verre roula sur le sol de la véranda.

— Oh ! Voyez ce que vous me faites faire ! s'écria-t-elle, incapable de cacher les larmes qui lui venaient aux yeux.

— Calmez-vous, chérie, chuchota Dane en l'attirant sur ses genoux. Je ne veux pas d'une épouse éplorée dans mon lit, cette nuit.

— Que... Que voulez-vous dire ? souffla-t-elle, terrifiée.

— Vous avez bien entendu.

Le cœur de Meredith s'affola. Son corps reposait contre celui de Dane, dur et musclé. Elle était terriblement consciente de sa force.

— Non ! protesta-t-elle en se débattant.

Sans effort, il la retint contre lui, un bras passé autour de sa taille fine.

— Oh si ! Vous devez agir comme ma femme, Meredith. Ce sera beaucoup plus facile si vous l'êtes dans tous les sens du terme. Je ne vais pas accepter cette union sans faire valoir mes droits.

— Nous n'avons pas besoin de dormir dans la même chambre !

— Ne soyez pas sotte, sourit-il. Renadi et Litia sont en train de déménager vos affaires.

— Je ne peux pas. Dane, je ne peux pas !

— Vous pouvez, et vous le ferez. Après tout, ce ne sera pas la première fois, n'est-ce pas ? Je pourrais comprendre que la peur de l'inconnu vous rende inquiète, mais vous ne pouvez plus invoquer cette raison, n'est-ce pas ? N'est-ce pas ? insista-t-il devant son silence.

Meredith ne savait plus que faire. Si elle avouait son mensonge au sujet de Mark, Dane ferait peut-être annuler ce mariage, se libérant ainsi d'un lien qu'il n'avait jamais désiré. Elle avait les yeux embués de larmes. Quel incroyable gâchis !

— N'ayez pas l'air aussi honteuse ! Il me serait difficile de vous reprocher votre expérience, puisque je n'en suis pas dépourvu, moi aussi.

Meredith sursauta involontairement.

— Cette pensée vous inquiète ? N'ayez crainte, cela ne se reproduira plus. J'ai toujours pensé qu'épouser quelqu'un était une excellente occasion d'être fidèle.

— Allez-vous me menacer ? s'enquit-elle d'une voix enrouée. Me demander de rester fidèle également ?

Il se mit à rire.

— C'est inutile, douce cousine. Vous n'avez pas à vous en soucier ; je vous occuperai tellement que vous n'aurez pas le temps de chercher de distractions ailleurs.

La sensualité de sa voix évoquait des images de nuits passées dans une félicité passionnée, et le cœur de Meredith s'affola.

— Je ne peux pas !

Elle se leva brusquement, mais il l'arrêta en agrippant une mèche de cheveux.

— Aïe !

Il la tourna rudement vers lui.

— Oh si, vous pouvez, petite garce ! lança-t-il avant de s'emparer de ses lèvres.

Meredith tremblait, effrayée par la violence de son étreinte. Dane était furieux et semblait déterminé à vaincre sa résistance.

— Que se passe-t-il ? gronda-t-il. A quoi jouez-vous ?

Quand elle essaya de répondre, il l'embrassa. Elle n'avait encore jamais connu de baiser aussi passionné.

— Embrassez-moi, ordonna-t-il durement. Ne savez-vous donc pas comment satisfaire un homme ?

— Non ! haleta-t-elle en se débattant.

— Eh bien, il est temps d'apprendre !

La prenant dans ses bras, il traversa la véranda.

— Lâchez-moi !

Il grimaça un sourire.

— Calmez-vous, Meredith.

Bien sûr, elle aurait pu hurler et se débattre, mais elle savait que Dane ne ferait que s'amuser encore plus. Elle resta passive entre ses bras.

Meredith ne comprit son intention que lorsqu'il tourna dans le corridor qui menait à sa chambre. Même à ce moment-là, elle ne put y croire. Par la porte ouverte, on entendait Litia fredonner une chanson d'amour en fidjien.

— Elle, au moins, n'a pas d'illusions, railla Dane.

— Vous n'oseriez pas...

Si, il oserait. Meredith n'avait pas besoin de son sourire railleur pour en être convaincue. Elle se sentit pâlir lorsqu'il la déposa sur le lit et demanda à Litia de ne pas les déranger.

— Et maintenant, madame mon épouse... menaça-t-il en déboutonnant sa chemise.

— Etes-vous devenu fou ?

— Non. Je vous veux, et vous le savez depuis votre arrivée ici. Il n'y a aucune raison de repousser l'échéance.

Une lueur menaçante brilla dans ses yeux lorsqu'elle esquissa un mouvement de recul.

— Je n'ai pas dit bonsoir à Mark.

— Il dormait lorsque je suis rentré.

Meredith s'enhardit à lever les yeux. Le regard d'ambre était effrayant, mélange de passion et de colère, et de ce qu'elle croyait être de la douleur.

— Embrasse-moi, murmura-t-il d'une voix rauque. Prends-moi dans tes bras, Meredith. Sois généreuse.

Comme un automate, à la merci de son amour, elle leva les mains et effleura son visage d'une caresse légère, terriblement intime.

— Dane, souffla-t-elle, voulant lui avouer la vérité.

Il éclata d'un rire amer et la réduisit au silence.

— Aime-moi, ordonna-t-il après plusieurs minutes. Ce n'est pas si terrible, n'est-ce pas ? lança-t-il en voyant son expression.

Etendue sous lui, Meredith sentait la dure pression de ses cuisses, la tension de ses muscles. Son propre désir la consumait comme un feu dévorant. Elle ne résista pas lorsqu'il la dévêtit.

— Tu es belle, s'écria-t-il. Si belle !

Il embrassait sa gorge douce et caressait sa poitrine, éveillant en elle une infinité de sensations.

Meredith sentait son désir s'épanouir sous la caresse de ses lèvres. Elle baissa les yeux vers la tête brune qui reposait contre elle et se cambra convulsivement.

Après cette trahison de son corps, elle perdit toute capacité de penser d'une façon cohérente. Elle se trouvait perdue dans un univers où les seules réalités étaient la bouche, les mains de Dane.

Sans volonté, elle explorait son corps. Elle faisait instinctivement les gestes qui arrachaient à Dane des gémissements de plaisir. Enfin, ils se rejoignirent et la douloureuse tension explosa dans une extase au-delà du possible.

— Ouvre les yeux.

Haletante, les mains nouées sur le dos de Dane, elle leva les yeux vers un visage inconnu. Les yeux de son mari étaient ardents, la passion comprimait sa bouche. L'extase devint supplice. Meredith cria et plongea dans l'oubli.

10

Dane posa la tête de Meredith sur sa poitrine. Elle rougit, gênée par la façon dont elle avait réagi à ses caresses.

— Je crois que nous devrions discuter, jeta-t-il.

— De quoi?

Elle le fixait, essayant de découvrir ce qui se cachait derrière son masque impassible. L'extase qu'ils venaient de partager leur permettrait sûrement de mieux se comprendre, dorénavant.

— Des dispositions à prendre pour les funérailles.

— Ah oui! Quelles sont-elles?

Elle tressaillit de douleur sous ses doigts cruels.

— Parlez avec un peu plus de respect! ordonna-t-il durement. Vous m'avez dit que vous l'estimiez, à défaut de l'aimer! poursuivit-il en sautant du lit.

Abasourdie par sa violence, Meredith s'assit. Comment pouvait-il se montrer aussi arrogant après l'expérience bouleversante qu'ils venaient de vivre?

— Je suis prête à recevoir vos ordres.

— Allons, Meredith! Vous ne pouvez pas vous abandonner dans mes bras, et prétendre l'instant d'après que vous n'éprouvez rien pour moi!

— Je n'ai sans doute pas besoin de vous rappeler que le désir et l'amour ne vont pas toujours de pair!

Il revint s'asseoir au bord du lit. Une expression moqueuse flottait sur son visage.

— Trop tard, souffla-t-il.

132

D'un doigt, il caressa doucement sa peau et sourit en la voyant rougir. La passion était comme un feu dans les veines de Meredith, un feu qui la consumait entièrement.

— Pourquoi trop tard ?

— Vous ne pouvez pas prétendre que je vous laisse indifférente, murmura-t-il.

— J'aurais dû savoir que rien ne changerait !

Un frisson la parcourut. Elle ne pouvait ignorer le mouvement sensuel de la main qui caressait les endroits les plus sensibles de son corps. Elle se rendait compte qu'il lui prouvait délibérément qu'il savait comment la faire réagir.

— Soyez maudit ! s'écria-t-elle en croisant les bras sur sa poitrine.

Dane se mit à rire. Il attrapa ses poignets et la força à relever les bras, la clouant sur les oreillers.

— Je ferai mieux de vous dire ce que j'attends de vous.

— Ensuite, je vous dirai ce que, moi, j'attends de vous.

— Vous avez du cran, mais j'ai tous les atouts en main, Meredith.

Le ton de sa voix, comme le coup d'œil qu'il lui lança, montrèrent à Meredith que l'un de ces atouts était la façon dont elle répondait à son désir.

— Il n'y a aucune raison pour que nous ne réussissions pas, après tout. Physiquement, nous nous convenons. Vous ne pouvez le nier, malgré votre envie de le faire.

— Espèce de démon arrogant ! s'étrangla-t-elle.

— Préfèreriez-vous une comédie romantique ? s'enquit-il en la relâchant. Dois-je vous jurer un amour éternel, vous promettre la lune et jouer un rôle pour cacher la situation réelle parce que vous êtes trop aveuglée par un espoir insensé pour l'accepter ? Seriez-vous en adoration devant moi si je disais que je vous aime ?

— Non !

La colère et la douleur qu'elle ressentait lui donnèrent l'énergie de glisser du lit. Elle enfila un peignoir. Son désespoir était intense, mais elle s'obligea à paraître calme, aussi calme que lui. Plus tard, elle pleurerait de s'être montrée assez naïve pour espérer que l'extase partagée ait pu effacer tout ce qui s'était passé avant.

Elle contempla ses mains qui avaient reposé sur les muscles puissants de son dos, lorsqu'il avait pris possession de son corps. Sa réaction, visiblement, avait plu à Dane... Impitoyable Dane! Pourquoi a-t-il fallu que je vous aime? pensa-t-elle.

— Etes-vous une sorcière assoiffée de sang?

Meredith sursauta et leva les yeux pour rencontrer un regard moqueur.

— Pardon?

Il lui montra son épaule et elle fixa d'un air horrifié les égratignures qui témoignaient de l'abandon total auquel elle s'était laissée aller.

— Mon Dieu!

— J'imagine que je dois en être flatté, remarqua-t-il en s'approchant d'elle. Il est clair que vous n'avez encore jamais réagi ainsi... Etes-vous calmée?

— Oui.

— Bien. Venez vous asseoir, et discutons le plus calmement. Rassurez-vous, Meredith. Dans quelques semaines, vous serez habituée à moi.

Cet aveu de leur intimité amena une lueur de colère dans ses yeux, mais elle ne dit rien.

— Mais il est inutile de l'annoncer maintenant, reprit-il après un silence. Dès demain, la famille et les associés vont arriver.

— Comme une bande de loups affamés!

— Ils seront sans doute intéressés par le contenu du testament de Maurice. En ce qui concerne l'entreprise, tout a été réglé depuis plusieurs années.

Il continua à parler. Meredith se demandait si c'était le chagrin causé par la mort de Maurice ou les conséquences de leur passion qui mettaient une telle distance entre eux. Puis, consciente qu'il était stupide de ne pas l'écouter, elle essaya de se concentrer sur ce que disait Dane.

Il s'adressait à elle comme à une égale. Meredith parvint à oublier son chagrin et sa gêne. Soudain, sans s'être aperçue de sa fatigue, elle s'endormit.

Meredith s'éveilla en sursaut. A côté d'elle, Dane parlait au téléphone. Reprenant ses esprits, elle devina qui était son correspondant.

— Il n'y a aucune raison pour que vous n'y assistiez pas, ma chère, disait-il doucement. Vous n'avez pas à vous inquiéter sur la façon dont Meredith vous recevra, rien n'a changé... Elle vous traitera avec sa courtoisie habituelle, j'en suis sûr...

Après un instant, il dit au revoir et raccrocha.

— Vous parlez pour vous, s'écria Meredith. Vous ne me connaissez pas encore assez pour pouvoir prédire mes réactions.

— Vraiment?

Il rit et se glissa entre les draps. Dane, vraisemblablement, avait l'habitude de dormir nu, et il l'avait mise au lit sans chemise de nuit. Il n'y avait donc aucun obstacle pour empêcher sa main de glisser de sa poitrine à sa taille. Il la rapprocha de lui et éclata de rire devant son sursaut indigné.

— Je ne voulais pas dire...

Elle s'interrompit. Une chaleur traîtresse l'envahissait, l'incitant à s'abandonner. Il l'embrassa. Lentement, comme dans un rêve, elle toucha ses épaules. En elle, le désir s'éveillait.

Les lèvres de Dane effleurèrent sa gorge et elle gémit. Elle se cambra contre lui, incapable de contrôler ses réactions. Mais, malgré tout, elle s'éloigna de lui. Un doute lui venait à l'esprit. Etait-ce la voix de Ginny qui avait réveillé son désir?

— Ainsi, je ne suis pas capable de connaître à l'avance vos réactions?

— Démon!

Furieuse, elle lui mordit l'épaule.

— Diablesse !

Dane se souleva sur un coude et la saisit à la gorge. Ses longs doigts la serraient assez pour qu'elle sente sa force, mais pas suffisamment pour lui faire mal.

— Ne me provoquez pas.

— Je ne voulais pas vous provoquer, protesta-t-elle.

— Je ne vous crois pas, fit-il en la relâchant. Apprenez à contrôler vos paroles, Meredith, ou j'y veillerai.

— Vous adorez me menacer, n'est-ce pas ?

— Je n'aime menacer personne. Vous me considérez comme un tyran décidé à vous rendre la vie impossible, alors que je n'ai fait que protéger ceux envers qui j'éprouvais une obligation.

— Maurice et Ginny.

— Oui, Maurice et Ginny. Maurice était un vieil homme, et le fait que Mark soit son seul descendant mâle comptait beaucoup pour lui. J'ai peut-être été un peu dur pour vous lors de notre première rencontre, en partie parce que je vous désirais.

L'entendre discuter aussi froidement de son désir pour elle coupait le souffle à Meredith. Qui était cet homme qui pouvait faire preuve de tendresse et se montrer ensuite aussi impersonnel ?

— Et Ginny ?

— Si vous n'étiez pas arrivée, j'aurais fini par l'épouser.

Elle avait voulu savoir, elle savait ! Lentement, elle referma les bras sur sa poitrine. Elle sentait son cœur battre sourdement, douloureusement.

— Je vois. Croyez-vous que je lui doive des excuses ?

— Jalouse, Meredith ?

— Pourquoi ? Vous m'avez épousée, je peux me permettre d'être généreuse !

— Je le souhaite.

Il y eut un long silence. Meredith combattait la jalousie qui la déchirait. Elle s'obligeait à voir la réalité en face. Elle était tombée amoureuse d'un homme qui n'existait que dans son imagination, espérant que, peut-être, il apprendrait à l'aimer en retour.

Quelle naïveté ! Dane ignorait sûrement ce qu'était l'amour ! Il comprenait le désir, certes. Mais son attitude prouvait clairement qu'il n'éprouvait que du mépris pour Meredith.

De nombreux mariages réussis avaient été conclus avec moins que cela. Si Meredith y veillait, elle se rendrait nécessaire à Dane, mais cela en valait-il la peine ?

Elle n'avait pas vraiment le choix. Dane ne la laisserait pas partir avec Mark, et Mark avait besoin d'un père. Avant d'abandonner définitivement ses espoirs et ses rêves, elle devait savoir encore une chose.

— Ginny et vous étiez amants ?

— Non. Désolé de vous décevoir, mais je ne ressemble pas du tout à l'image que vous avez de moi. Je n'ai pas une aventure avec toutes les femmes que je désire.

— Comme Ginny ?

Elle regretta aussitôt d'avoir posé cette question. Cette recherche dans le passé de Dane ne la concernait pas et trahissait sa jalousie.

— Comme Ginny, répéta-t-il sèchement.

Il soupira et entoura d'un bras les épaules de Meredith.

— Est-ce que ceci pourra vous convaincre que Ginny appartient au passé, que seul le présent et le futur m'intéressent ?

Cette fois, il se montra plus doux. Il la séduisait de la voix, des mains. Il était maître de lui, alors que Meredith perdait la tête et répondait avec ardeur. Frissonnante et désespérée, elle était complètement à sa merci. Lorsque Dane se retira, elle ne put s'empêcher de pleurer.

— Oh, Meredith ! soupira Dane, moqueur. Que vais-je faire de vous ? Quelque chose vous ennuie ?

Elle faillit tout lui avouer, poussée par le besoin de clarifier la situation entre eux. Heureusement, elle pensa à Ginny qui n'avait pas hésité à téléphoner à

Dane pendant sa nuit de noce, Ginny qu'il avait désirée.

— Non. Pourquoi donc ? Tout est exactement comme le désirait Maurice : vous avez une épouse, Mark a des parents qui l'aiment, l'entreprise Fowler est en de bonnes mains, j'ai un mari riche qui me menace chaque fois que je l'approche...

— Je suis heureux que vous ne soyez pas trop timide, et que vous me disiez comment vous vous sentez...

— Et vous, comment vous sentez-vous ?

— Fatigué. La journée a été longue.

— Eh bien, bonne nuit !

Il y avait une certaine tendresse dans la façon dont il l'embrassa et la garda serrée contre lui, une tendresse qui était la seule consolation de Meredith.

Le lendemain, les Fowler arrivèrent en masse. Ils étaient tous très intéressés par ce récent mariage et charmés par Mark. Ils mangeaient, buvaient, parlaient encore et encore : Meredith se sentait devenir folle sous leur curiosité avide, implacable. Chaque soir elle s'endormait instantanément aux côtés de Dane. Chaque matin elle se réveillait en sursaut, pour une nouvelle journée épuisante.

Tout au fond d'elle-même, elle pensait que Dane ne s'était pas rendu compte qu'il avait été le premier homme à prendre ce qu'elle lui avait si ardemment offert.

Dane ne paraissait pas s'occuper de Ginny. Pourtant, Miss Moore et sa mère étaient constamment à la maison, comme si rien ne s'était passé, comme si Ginny était toujours une invitée d'honneur. Comme si la scène où elle avait perdu son sang-froid de façon aussi horrible n'avait jamais existé.

La marque s'était effacée. Mais chaque fois qu'elle voyait Ginny, Meredith la sentait, brûlante sur sa peau.

— Vous êtes une maîtresse de maison admirable, murmura Mme Lamont après l'enterrement de Maurice. Mais vous avez l'air fatiguée.

— Cela se voit beaucoup ? s'inquiéta Meredith.

— Seulement pour ceux qui vous aiment. J'ai remarqué que Dane ne vous quitte pas des yeux.

C'était sans doute pour s'assurer qu'elle n'avait pas besoin d'aide, mais Meredith n'allait pas lui avouer cela.

— Il est très possessif, poursuivait Mme Lamont. Il l'a toujours été. C'est vraiment dommage que la mort de Maurice ait précipité les choses. J'espérais que Dane vous ferait longuement la cour. Je le savais très amoureux, bien sûr, mais vous-même ne paraissiez pas très sûre de vos sentiments pour lui, à ce moment-là.

— Quand donc ? interrogea Meredith, abasourdie par cette déclaration.

— Mais lors de notre dernier séjour ici, bien sûr ! On avait parlé d'un jeune homme... Peter King...

Meredith se sentait un peu coupable d'avoir laissé Peter sortir de sa vie sans explication. Elle chercha Dane du regard. Il parlait avec un chef local et un homme d'affaires indien, et dominait toutes les personnes présentes.

Tout se passait très bien. Les plats et les boissons circulaient sous le regard vigilant de Vasilau. Il était clair que personne, à part Dane, n'était peiné de la mort du vieil homme.

Cette pensée attristait Meredith. Elle réprima ses larmes et serra les lèvres pour empêcher sa bouche de trembler. Pauvre Maurice, si riche, si puissant, qui avait fait passer ses affaires avant sa famille. Il récoltait ce qu'il avait semé.

Mais il s'était assuré de l'avenir de Meredith. Le lendemain, elle découvrit que Mark et elle étaient les bénéficiaires d'un legs qui les rendait riches. Mais Ginny avait eu raison, Dane était le curateur.

— Très convenable, commenta-t-elle lorsqu'elle se retrouva avec Dane. Etiez-vous au courant ?

— Oui, nous en avions discuté.

Et ensuite, il en avait parlé avec Ginny. Dane se versa un whisky léger. Meredith l'observait. Il était rare qu'il boive à cette heure de la nuit, mais il était visiblement tendu et les petites rides qui entouraient ses yeux étaient plus visibles, trahissant sa fatigue.

Sans plus réfléchir, Meredith s'approcha de lui et l'embrassa sur la joue.

— Il vous manque, n'est-ce pas ?

— Oui. N'ai-je pas de la chance qu'il ait organisé ce mariage ? C'était la meilleur manière de me faire oublier mon chagrin !

— Est-ce ainsi que vous me voyez ?

— Qu'êtes-vous d'autre ? Sûrement pas une épouse aimante ! Vous êtes froissée car je peux provoquer le désir en vous. Vous m'avez obligé à vous forcer...

— Vous ramenez tout au niveau le plus bas. Vous savez que c'est faux. Je vous désirais autant que vous me désiriez.

Il embrassa doucement son visage, les yeux fermés. Meredith l'observa. Il semblait las, presque vulnérable.

— Que va-t-il nous arriver ? souffla-t-elle.

— Vous allez m'aider à oublier mon chagrin ! Lorsque je vous tiens dans mes bras, je ne peux penser à rien d'autre qu'à vous et à l'effet que vous me faites. Peu importe ce qu'il va nous arriver ! Je désire l'oubli que, seule, vous pouvez m'apporter !

— Oh, Dane !

Meredith hésitait. Si elle lui avouait son amour, elle lui appartiendrait corps et âme.

Il ouvrit les yeux et la prit dans ses bras. Il la porta jusqu'au grand lit.

— Oh Meredith ! imita-t-il d'un ton moqueur. N'ayez pas l'air aussi effrayée ! Il y a un instant, on aurait dit que vous aviez envie que je vous aime. Il est trop tard pour reculer, et vous le savez.

— Pas ainsi, balbutia-t-elle.

Elle se rendait compte que Dane avait mal interprété son hésitation et qu'il était en colère contre elle.

— Ainsi... Et comme je le désirerai, déclara-t-il en la déshabillant. Que se passe-t-il ? Ne voulez-vous plus de moi ?

— Je veux que vous soyez tendre, supplia-t-elle. Pas que vous agissiez comme... comme si...

— Comme si vous étiez une vulgaire catin ? termina-t-il avec un sourire sans joie. Mais je vous ai achetée, Meredith. La seule différence, c'est que je vous ai achetée à vie. Maurice m'a clairement fait comprendre que si je ne vous épousais pas, la tutelle serait confiée à un autre. Votre héritage représentant une part considérable d'actions dans la société, j'aurais été terriblement gêné de voir quelqu'un d'autre les contrôler.

— Pourquoi me dites-vous cela ?

La voix de Meredith n'était qu'un souffle. Dane venait de lui porter un coup terrible, et elle en garderait toujours la cicatrice. Elle se sentait glacée. Le contact des mains de son mari lui était insupportable, mais elle ne pouvait le repousser.

— Pour que vous n'ayez plus d'idée romantique. Ce que vous ressentez pour moi doit être fondé sur la vérité, sur des faits. Pas sur les fruits d'une imagination confondant le désir et l'amour... Pourquoi avoir l'air aussi choqué ? Vous n'êtes plus une écolière sentimentale. Vous avez aimé un autre homme et porté son enfant. Vous dirigez cette maison comme si vous l'aviez toujours fait. Vous avez du courage, de l'intelligence. Souhaitez-vous toujours une déclaration d'amour éternel ?

— Non !

Il riait, mais ses yeux perçants mettaient à nu les défenses dont Meredith s'entourait. Encore un moment, et il saurait.

— Taisez-vous ! le supplia-t-elle en l'attirant vers elle.

— Me désirez-vous ? souffla-t-il.

— Oui, oui !

— Votre premier amant vous a-t-il dit qu'il vous aimait ?

Meredith pleurait presque de frustration et de colère. Elle rougit et détourna la tête, mais Dane posa une main de chaque côté de son visage, l'empêchant de se dérober.

— Dites-le-moi, insista-t-il. quel était son nom, Meredith ? Où a été conçu Mark ? Comment...

— Arrêtez ! Laissez-moi seule ! haleta-t-elle, hypnotisée par ses yeux d'ambre.

— Vous détestez que je parle de lui. Pourquoi, Meredith ?

— Dane... Je vous en prie !...

— Regardez-moi !

Terrifiée à l'idée qu'il puisse découvrir son secret, elle garda les yeux fermés.

— Pour l'amour du ciel, cessez d'avoir l'air aussi affolée ! Je ne vais pas vous faire violence !

Elle frissonna et ouvrit les yeux. Dane se dirigeait vers la porte.

— Où allez-vous ? demanda-t-elle.

— Travailler !

La porte se referma sur lui. Meredith enfila précipitamment sa chemise de nuit et se glissa entre les draps.

La pendule sonna deux coups avant que Dane ne revienne. Meredith respirait doucement, sans bouger, mais il ne fit aucune attention à elle. Il se déshabilla dans la salle de bains avant de se mettre au lit. Il s'était déplacé doucement, mais sans plus, comme s'il se souciait peu de la réveiller ou non.

11

— Vous avez minci, remarqua Sarah. J'espère que ce n'est pas le climat, car nous ne sommes pas encore en période de moussons.

Meredith se força à sourire mais ne leva pas les yeux.

— Non, ce n'est pas le climat. Je dois être fatiguée, après la mort de Maurice et cette invasion de Fowler.

Sarah s'assit et brossa ses jambes pleines de sable.

— Vous n'aviez pas parlé de ce mariage.

— C'est vrai. Nous n'avions pas prévu de nous marier aussi vite, mais il nous a semblé normal d'accorder ce dernier plaisir à Maurice.

— Ce fut une grande surprise, avoua franchement Sarah. Pour tout le monde, sauf Peter. Il prétend qu'il a toujours su que Dane était épris de vous.

— J'espère qu'il n'était pas trop bouleversé, murmura Meredith. Je ne voulais pas le blesser.

— Mon Dieu, non! Il n'a jamais nourri aucun espoir. Je veux dire, vous êtes une Fowler, et Dane est si séduisant! Peter se contentait de vous admirer de loin. De plus, il est assez amoureux d'une fille dont le père est directeur de banque à Suva. Elle est gentille, et son père est bien plus abordable que M. Fowler!

C'était une plaisanterie, et Meredith se mit à rire, soulagée. Elle avait vécu des moments désagréables en pensant à Peter.

— Nous ferions mieux de rentrer, je crois. Il est presque l'heure de déjeuner.

— D'accord, sourit Sarah. J'imagine que vous en êtes encore au stade où l'on ne supporte pas d'être séparés. Quel effet cela fait-il d'être mariée, Meredith ?

— Merveilleux, dit-elle d'une voix étouffée.

— Oui, bien sûr, approuva Sarah en riant. Mais ce doit être assez difficile de tout partager. Je me suis souvent demandée ce qui se passe, lorsque la première ivresse est passée.

— Vous ne nous accordez guère de temps !

— C'est vrai ! Je suis désolée d'avoir fait une remarque aussi stupide, s'excusa Sarah contrite.

En fait, il n'y avait eu aucune ivresse, pensa amèrement Meredith une fois dans la voiture. Seulement ces heures, après leur mariage, où Dane lui avait fait prendre conscience de son corps de femme. Depuis, rien ! De longues nuits passées dans le grand lit, avec le seul son de la respiration égale de Dane. Pendant la journée, il se montrait poli et distant, ce qui était plus blessant encore que sa colère.

Ginny avait eu raison, il l'avait épousée pour contrôler sa part d'héritage. Il exigerait probablement un enfant, plus tard, quand il en voudrait un. En attendant, il voulait que Meredith comprenne qu'elle n'avait aucune importance à ses yeux.

Elle maudissait Maurice. Par sa faute, elle était obligée de supporter cet enfer ! Parfois, pendant ces longues nuits de veille, Meredith brûlait de désir. Mais sa fierté et la crainte de subir une nouvelle humiliation la retenaient de faire le premier pas.

— Je vous dépose sans m'arrêter, dit Sarah. Je dois boucler mes valises pour repartir demain.

— Nous vous verrons à Noël ?

— Oui, je reviendrai. Serez-vous ici ?

— Nous n'avons pas parlé de partir.

— Ah ? D'après ce que disait Ginny Moore, j'avais compris que vous passeriez les fêtes à Sydney ?

Meredith retint une réponse acide.

— Elle, sans doute. Nous, je ne sais pas, dit-elle d'une voix égale.

Le commentaire innocent de Sarah la tourmentait. Ainsi, Ginny était toujours à proximité, et discutait de leurs projets... Meredith ne parvenait pas à imaginer que Miss Moore ait l'audace de s'avancer ainsi sans l'accord tacite de Dane.

La colère s'empara d'elle. Comment osaient-ils prendre des décisions, sans la consulter ? Si Dane pensait vraiment pouvoir garder une épouse et une maîtresse, elle allait le faire changer d'avis ! Elle n'était pas Fowler pour rien ! Inconsciemment, elle releva le menton.

— Vous avez l'air furieuse, observa Sarah.

— Ma foi, non. Je pensais au dîner, c'est tout... Vous me manquerez, Sarah.

— Vous aussi, Meredith. Je vous trouve intéressante. Sous votre air soumis, vous possédez une volonté de fer. C'est impressionnant !

— A vous entendre, je ressemble plutôt à une hypocrite.

— Sottises ! C'était un compliment ! Vraiment, Dane et vous allez très bien ensemble. Il a besoin de quelqu'un d'aussi fort que lui.

Si seulement elle savait ! Meredith avait l'impression d'avoir vieilli de cent ans. Après avoir souhaité bonne chance à Sarah pour ses examens, elle porta Mark dans le hall, où Renadi l'en débarrassa.

Un murmure de voix conduisit Meredith au salon. Ginny, prisonnière des bras de Dane, avait posé ses mains sur le visage viril.

— Oh, Dane, disait-elle. Pourquoi...

— Il se trouve que c'est mon mari que vous tenez dans vos bras, remarqua froidement Meredith.

Ginny se retourna vers elle, une lueur de triomphe dans les yeux.

— Je pense que vous devriez faire un peu plus attention, reprit Meredith. Que se serait-il passé, si j'avais été une domestique ?

Ginny resta bouche bée, l'air stupide et scandalisé.

Meredith leva les yeux vers Dane. Il avait une expression distante et amusée.

— Je suis sûre que vous me pardonnerez, ajouta Meredith en s'adressant à Ginny, mais vous êtes vraiment de trop. Je vais demander à Vasilau de vous reconduire.

— Oh, mais Dane va le faire !

Ginny posa la main sur son poignet et prit un air faussement compatissant.

— Ma chère, vous ne devez pas vous imaginer le pire. Dane ne faisait que me réconforter... J'ai appris de mauvaises nouvelles.

— Ce doit être le jour des mauvaises nouvelles !

Meredith était pâle de colère sous son hâle.

— Meredith, vous savez que Dane et moi sommes... de vieux amis.

— Lui et moi sommes de jeunes mariés, répliqua-t-elle. Vous devriez tous deux savoir que je ne partage pas. Rien.

Dane la contemplait, ignorant Ginny. Tout homme surpris par sa femme dans les bras d'une autre aurait fait preuve d'une certaine gêne, mais lui était capable de ne rien laisser transparaître.

— Une caractéristique purement Fowler, fit-il remarquer. Mais personne ne vous demande de partager quoi que ce soit. La mère de Ginny est malade.

— Dans ce cas, pourquoi Ginny n'est-elle pas à son chevet ?

— Espèce de petite...

La voix de Dane, tranchante, imposa le silence à Ginny. La jeune femme avait l'air aigrie et beaucoup plus âgée. Il était clair que tout ne se déroulait pas selon son désir.

— Je vous raccompagne, déclara Dane, d'un ton bref.

L'éclair fauve de ses yeux se posa sur Meredith et se concentra pendant un instant sur la veine qui battait à sa gorge.

— Vous devriez vous dire au revoir. Ginny et Mme Moore repartent pour l'Australie.

— Je croyais Mme Moore malade ?

— Elle l'est ! cracha Ginny. Elle va subir des examens. Merci, mon chéri, de vous être occupé de tout, dit-elle en posant ses longs doigts fins sur le poignet de Dane.

— Je suis navrée pour Mme Moore, fit Meredith.

— Vous n'imaginez sûrement pas ce que je ressens, reprit Ginny en souriant. Ma mère m'est très chère. Elle a fait beaucoup de sacrifices pour moi, pour me protéger des mauvaises influences. Je la trouvais démodée et sévère, mais les circonstances m'ont prouvé sa sagesse.

Elle s'interrompit et sourit en voyant Meredith pâlir. Satisfaite d'avoir atteint son but, elle se tourna vers Dane :

— Je suis prête, mon cher. Je pense que Meredith me permettra de vous écrire en arrivant à Sydney ?

— Meredith n'ouvre pas mon courrier, sourit-il, et j'aimerais avoir des nouvelles de Mme Moore.

— Eh bien, c'est d'accord !

Ginny ronronnait de satisfaction.

— Au revoir, Meredith !

— Au revoir.

Le supplice de Meredith n'était pas terminé. Comme pour bien lui faire comprendre les droits qu'il avait sur elle, Dane s'approcha et l'embrassa. Sa bouche était cruelle.

— Je serai de retour dans une demi-heure.

— Très bien. Moi, je ne serai pas là.

— Pourquoi donc ?

— Sarah prend l'avion demain matin, et je vais l'aider à faire ses bagages.

— N'y allez pas, ordonna-t-il, ou j'irai vous chercher.

— Allez au diable !

Il rit et effleura ses lèvres.

— Je vous retrouve dans une demi-heure, ma chérie.

Au moins, cette réplique avait effacé le sourire de Ginny. Mais aussi celui de Meredith.

Après avoir assisté au repas de Mark, Meredith prit

une douche et enfila une robe. Les journées étaient de plus en plus chaudes et ce serait ainsi jusqu'à Noël.

Dane avait-il l'intention de se rendre à Sydney à ce moment-là ? Eh bien, il pouvait y aller s'il le désirait, pensa Meredith. Elle resterait ici avec Mark. Et, elle empêcherait Miss Moore de remettre les pieds dans cette maison.

Elle se raidit lorsqu'elle entendit Dane rentrer, mais refusa de se dépêcher. Il pénétra dans la chambre et lui lança un regard appréciateur.

— Voulez-vous boire quelque chose avant le repas ?

— Je prendrais volontiers une citronnade, merci.

La porte du réfrigérateur se referma doucement. Elle entendit tinter les glaçons tandis qu'elle mettait une paire de boucles d'oreilles de lapis-lazuli, assorties à la teinte de sa robe. La silhouette de Dane derrière elle assombrit le miroir.

— Cessez de bouder et buvez ceci.

— Je ne boude pas, protesta-t-elle sans se retourner.

— Que faites-vous donc ?

— Je suis en colère.

— C'est déjà quelque chose, remarqua-t-il en haussant les épaules. Je me demandais pendant combien de temps vous vous cacheriez derrière cette façade.

Surprise, Meredith fit volte-face. Elle regretta immédiatement son geste. Avec un sourire contraint, Dane l'avait prise par les épaules.

— Quelle façade ?

— Celle derrière laquelle vous vous cachez depuis notre mariage.

— C'est vous qui portiez un masque, protesta-t-elle. Je n'ai fait que vous imiter.

— Je me félicite d'avoir embrassé Ginny, déclara calmement Dane. Cela vous a forcée à exploser.

— N'essayez pas trop souvent, ou je pourrais perdre mon calme et tuer l'un de vous deux, ou les deux. Je pense ce que je dis, Dane. Je ne partagerai pas.

— Me croiriez-vous, si je vous disais que je ne l'ai

pas embrassée? interrogea-t-il avec un sourire ironique.

— Je le sais déjà, répondit-elle. Vous n'avez pas de trace de rouge à lèvres. Mais que serait-il arrivé, si je n'étais pas entrée?

— Rien. C'est en vous entendant arriver qu'elle s'est jetée à mon cou, expliqua-t-il en souriant de son air incrédule.

— La belle excuse! s'écria-t-elle, indignée. Pourquoi aurait-elle agi ainsi?

— Pour semer la discorde entre nous.

Un instant, Meredith pensa avoir mal entendu. Elle osait à peine respirer.

— Je crois que je vais boire ce verre, soupira-t-elle enfin.

— Apportez-le ici et installons-nous confortablement.

Quand elle fut assise, il resta debout. Il attendait visiblement qu'elle parle la première.

Deux fois, Meredith ouvrit la bouche pour poser une question. La troisième, elle parvint à demander.

— Pourquoi aurait-elle voulu semer la discorde?

— Sans doute parce que je venais de la menacer de la poursuivre en diffamation si elle osait prétendre que Mark était votre fils. Je lui avais déjà dit que j'avais fait toutes les vérifications nécessaires avant même votre arrivée ici, et que je pouvais prouver que Mark était votre frère.

Meredith eut l'impression qu'elle allait s'évanouir. Lorsque la pièce cessa de tourner autour d'elle, elle se redressa et but une gorgée de citronnade.

— Si vous le saviez, pourquoi avez-vous été aussi horrible avec moi? s'enquit-elle d'une toute petite voix.

— Don Poole.

— Je vois, soupira-t-elle. Mais pourquoi, Dane? Ce premier jour... vous m'avez haïe, à ce moment-là.

— Je vous ai dit pourquoi. Je vous désirais.

— Ce n'est pas une raison suffisante, protesta-t-elle. Vous avez sûrement désiré d'autres femmes, sans les traiter d'écervelées et... et de catins, acheva-t-elle, tremblante.

Dane se déplaça et la mit debout. Ses mains étaient dures contre la peau douce de ses épaules.

— Vous voulez tout savoir n'est-ce pas ? Inconsciemment, j'étais déjà amoureux de vous. En vous apercevant à Hibiscus Island, je suis allé regarder votre nom sur le registre de l'hôtel. Je n'ai pas été très surpris d'apprendre qui vous étiez. Cela me semblait un signe du destin. Et puis...

Sa bouche se durcit.

— Et puis, je vous ai vue avec Don Poole, en train de vous embrasser, de courir vers votre bungalow. J'aurais pu vous tuer tous les deux !

— Je ne crois guère au coup de foudre !

— Moi non plus. Dès votre arrivée ici, vous êtes sortie avec le jeune King. Vous étiez gaie comme un pinson. La seule chose qui me consolait, c'était votre antipathie pour Ginny.

Son étreinte était devenue caresse, une caresse sensuelle que Meredith appréciait. Mais elle ne pouvait laisser Dane continuer avant d'avoir tout éclairci.

— Je croyais que vous l'aimiez, que vous étiez prêt à l'épouser. Elle m'avait affirmé...

— Quoi, au juste ?

— Que vous m'épousiez pour disposer de mon héritage. Vous aussi m'avez dit cela. J'ai pensé que vous en aviez discuté avec elle, comme de mon mensonge au sujet de Mark et...

Elle s'interrompit brusquement, rougissante.

— Et ? insista-t-il.

— Elle m'a assuré que vous saviez que je vous aimais.

— Quand vous a-t-elle raconté tout cela ?

— La veille de votre retour des Philippines. Vous avez vu l'égratignure sur mon cou.

— C'était elle ?

Le ton était sec, mordant. Meredith hocha la tête, un

150

peu effrayée par l'éclat de fureur qui luisait dans les yeux d'ambre.

— Je croyais que vous l'aviez deviné.

— Non, je pensais que c'était un geste de Mark et que vous le protégiez.

Il se mit à jurer entre ses dents. Meredith l'arrêta en posant sa main sur ses lèvres. Alors il embrassa la paume, et Meredith sentit son pouls s'accélérer.

— Je ne sais pas pourquoi, souffla-t-elle, mais je vous aime vraiment. Même un mourant n'aurait pu me forcer à épouser un homme pour lequel je ne ressentais rien.

— Je vous crois.

— Non, je le vois. Pourquoi ? Que dois-je faire pour vous convaincre ?

Il prit ses lèvres doucement, puis brutalement, comme pour oublier sa douleur et sa colère.

— Vous ne m'aimiez pas assez pour m'avouer la vérité sur Mark, malgré mes sarcasmes. Je vous ai questionnée plusieurs fois, et vous avez toujours refusé de me faire confiance ! Vous m'avez tellement exaspéré !

— J'étais si troublée ! murmura-t-elle. Je pensais que Maurice et vous pourriez me séparer de Mark. Et, après notre mariage, j'ai senti que je vous punissais en me montrant aussi lointaine. J'espérais vous blesser en vous laissant croire que vous n'étiez pas le premier.

Les bras de Dane se raidirent, lui coupant le souffle. Etourdie, elle leva les yeux et rencontra un regard aussi chaud que le soleil. Pour la première fois, elle se rendait compte du pouvoir qu'elle possédait sur cet homme, son mari.

— Vous me faites mal ! haleta-t-elle.

— J'aimerais vous briser, mais cela me ferait trop de peine !

D'un geste rapide, il baissa la fermeture Éclair de sa robe.

— Vous me faites peur, grommela-t-il. Vous savez

comment me faire souffrir. Dieu, les nuits que j'ai passées à vous désirer !... Meredith, je t'aime !

La robe tomba doucement sur le sol. D'un geste instinctif, elle couvrit sa poitrine de ses mains et recula. Elle serait tombée si Dane ne l'avait pas retenue.

— Ne t'enfuis pas ! souffla-t-il.

Abasourdie, Meredith le regarda s'agenouiller pour lui ôter ses sandales.

— A mes genoux, Dane ?

Il leva les yeux. Ses mains possessives glissaient sur sa peau satinée.

— Aimerais-tu me voir à tes pieds ?

— Non, dit-elle en le relevant. Je t'aime comme cela.

Tout ce qu'elle avait refusé lors de leur nuit de noces était offert dans le baiser tendre qu'elle lui donna. Sans cesser de l'embrasser, Meredith déboutonna sa chemise. Elle fit glisser ses mains sur le dos musclé et se serra contre lui.

— Sorcière ! grogna-t-il en la portant jusqu'au lit.

— Brute !

Il rit.

— Dis-moi que tu m'aimes, chuchota-t-elle.

— Je t'aime... Et j'ai besoin de toi, Meredith, j'ai besoin de ton amour, de ton rire, de ta gentillesse. Je t'aime depuis toujours.

Meredith s'abandonna à la magie envoûtante de ses caresses. Leurs désirs et leur passion se rencontraient, se rejoignaient pour les conduire tous deux à une extase qu'elle n'aurait jamais crue possible.

— Maintenant, me crois-tu ? demanda-t-elle, sereine.

Il sourit et l'embrassa, puis s'allongea à ses côtés.

— Oui. Si je ne te crois pas, je deviendrais fou !

— Dane !...

— Chérie, j'ai su dès le début que je ne pouvais attendre de toi des sentiments aussi profonds que les miens. Tu es si jeune ! J'ai vécu assez longtemps pour faire la différence entre l'attirance et l'amour, mais pas

152

toi. Tu as beaucoup à apprendre. C'est en partie pour cela que je n'ai rien fait pour te débarrasser de tes idées fausses.

Meredith était perplexe.

— Quelles idées fausses ?

— Ginny, d'abord. Je t'ai dit avoir eu l'intention de l'épouser. Ce fut vrai, à une époque. Maurice me parlait mariage depuis des années, et je lui devais bien cela. Je désirais Ginny sans l'aimer, mais cela n'avait guère d'importance. J'ai toujours été très méfiant devant les serments d'amour. Mes parents n'étaient pas vraiment un bon exemple. Les tiens non plus, en fait. Et tu dois admettre que Ginny est intelligente, spirituelle, reposante.

Meredith était prête à admettre n'importe quoi. Elle ne parvenait même plus à détester cette femme. Quand elle le lui dit, il se mit à rire.

— C'est étonnant, comme quelques simples mots peuvent adoucir ton caractère, ma chérie, se moqua-t-il gentiment... Tout a changé lorsque je t'ai vue, mais je ne savais pas si cet air innocent était une façade, si le petit incident d'Hibiscus Island était un baiser d'adieu sans conséquence ou le prélude à une nuit d'amour. Tu insistais sur le fait que Mark était ton fils, tu ne voulais pas te confier à moi. Alors j'étais aussi dur que possible avec toi. Je t'observais sans relâche, pour essayer de découvrir la vérité.

— Je t'ai haï, avoua-t-elle. Tu me méprisais et je me suis méprisée aussi, la première fois où tu m'as embrassée et que le monde éclatait autour de moi !

— Ce soir-là, j'ai beaucoup appris. Mais pas assez.

— Si j'avais eu une aventure avec Don Poole, qu'aurais-tu fait, Dane ?

— Rien ! Cette pensée me rendait furieux, mais je ne suis pas complètement idiot. Pourquoi attendre une pureté virginale quand je ne pouvais l'offrir ? Lorsque je t'ai entendue parler avec Poole dans le jardin, j'étais fou de joie ! Je reconnais que je suis heureux d'être le premier.

Son baiser fut lent, voluptueux, mais Meredith l'arrêta.

— Finissons-en d'abord avec les explications, Dane. Comment Ginny en savait-elle autant ? Le testament, le fait que Renadi t'ait vu sortir de ma chambre après le bal ?

— Qu'est-ce que cette histoire ?

Quand il fut au courant, il réagit furieusement.

— Elle a vraiment tout essayé ! Elle doit avoir senti dès le début à quel point tu m'attirais, pour avoir deviné aussi justement ! J'avais oublié combien elle est rusée !

— Je n'ai jamais parlé de toi avec elle, reprit-il après un silence. J'ignorais que tu m'aimais, et je regrette de ne pas l'avoir su. De même que pour Renadi... Sa sœur travaille chez Ginny. Elle n'a pas dû penser à mal en le lui disant, et je suis sûr que c'est comme cela que Ginny l'a appris. L'héritage... Eh bien, je suppose qu'elle a lancé cela au hasard. Malheureusement, elle est tombée juste !

Assez incroyablement, il semblait supplier Meredith de le croire. Elle n'hésita pas et caressa son visage.

— J'aurais dû le deviner. Je savais qu'elle me haïssait. Si j'avais été un peu plus mûre, j'aurais compris pourquoi. Mais elle était tellement sûre d'elle ! Et je ne savais pas ce que tu éprouvais pour moi...

— Elle, oui. Elle est très fine. Ayant vu la façon dont je réagissais devant toi, elle a décidé de faire le plus de mal possible pour nous éloigner l'un de l'autre. Tu dois m'avoir trouvé odieux !

Meredith le regarda avec adoration.

— Oui, avoua-t-elle. Mais je t'aimais. Je t'aime tant !

— Si tu peux m'aimer après l'ignoble façon dont je me suis conduit, je ne suis pas digne de toi, mon cœur ! Je devais t'épouser. Je devais te séduire au cas où tu aurais désiré une annulation après la mort de Maurice, mais tu ne sauras jamais à quel point j'ai eu peur d'avoir tout gâché entre nous ! Je me suis juré de ne pas te toucher jusqu'à ce que tu me montres que tu le désirais.

— Je pensais que tu avais satisfait ta curiosité et que cela te suffisait.

— Petite idiote ! reprocha-t-il tout contre ses lèvres. Je ne me lasserai jamais de toi, ma curiosité ne sera jamais satisfaite ! Toi et moi, nous sommes les deux moitiés d'un même tout. Je l'ai su tout de suite. Maurice l'a vu, et Ginny aussi, malheureusement ! Même Mark nous unissait dans son esprit ! Il était écrit que tu devais venir ici et bouleverser ma vie.

Sa main caressante faisait frissonner Meredith.

— M'en veux-tu ? demanda-t-elle.

— Non, je t'adore... sans toi, la vie ne serait qu'une routine monotone. Tu es ma raison d'être !

— Ah, Dane ! soupira-t-elle, profondément émue par cet aveu. Je t'aime, Dane. Je t'aime tant !

Elle eut soudain une pensée pour Maurice qui était mort en paix, sachant que Meredith et Dane partageraient un amour tel que celui qu'il avait connu avec sa femme ; pour sa mère qui avait craint que Fidji soit synonyme de peine et de désillusion ; pour Mark qui aurait maintenant la chance inestimable de grandir dans un foyer heureux.

La bouche de Dane descendit sur la sienne et, tandis que les habitants des Mers du Sud se préparaient pour leur sieste, Meredith oublia tout ce qui n'était pas ce voyage des sens, l'une des multiples façons d'exprimer l'amour qu'ils se portaient l'un à l'autre. En sécurité dans cet amour, l'avenir ne leur réservait aucune crainte.

LES GÉMEAUX

(21 mai-20 juin)

Signe d'Air dominé par Mercure : Sociable.

Pierre : Béryl.
Métal : Mercure.
Mot clé : Communication.

Qualités : Adore inviter, se sentir entourée.
Don d'observation, s'intéresse à tout.

Il lui dira : « Mon bonheur est auprès de
vous. »

LES GÉMEAUX

(21 mai-20 juin)

S'il ne s'était agi du petit Mark, Meredith n'aurait jamais consenti à mentir de la sorte car elle s'accommode mal de la duplicité. Comme toutes les natives des Gémeaux, elle se sent beaucoup plus à l'aise dans les situations claires et nettes.

Téméraires, les Gémeaux savent cependant nuancer leur spontanéité naturelle. Elles osent plus qu'elles ne risquent : telles sont ces dames intrépides et prudentes à la fois.

Bientôt...
la Fête des Mères!

Pensez-y...la Fête des Mères, c'est la fête de toutes les femmes, celle de vos amies, la vôtre aussi!

Avez-vous songé qu'un roman **Harlequin** est le cadeau idéal – faites plaisir...Offrez du rêve, de l'aventure, de l'amour, offrez **Harlequin!**

Hâtez-vous!
Dès aujourd'hui, vous trouverez chez votre dépositaire nos nouvelles parutions du mois dans **Collection Harlequin, Harlequin Romantique, Collection Colombine** et **Harlequin Séduction.**

Collection Harlequin

Les chefs-d'oeuvre du roman d'amour

Recevez *chez vous* 6 nouveaux livres chaque mois... et les 4 premiers sont GRATUITS!

Associez-vous avec toutes les femmes qui reçoivent chaque mois les romans Harlequin, sans avoir à sortir de chez vous, sans risquer de manquer un seul titre.

Des histoires d'amour écrites pour la femme d'aujourd'hui

C'est une magie toute spéciale qui se dégage de chaque roman Harlequin. Ecrites par des femmes d'aujourd'hui pour les femmes d'aujourd'hui, ces aventures passionnées et passionnantes vous transporteront dans des pays proches ou lointains, vous feront rencontrer des gens qui osent dire "oui" à l'amour.

Que vous lisiez pour vous détendre ou par esprit d'aventure, vous serez chaque fois témoin et complice d'hommes et de femmes qui vivent pleinement leur destin.

Une offre irrésistible!